엘뤼아르 시 선집

엘뤼아르 시 선집

CHOIX DE POÈMES DE PAUL ÉLUARD

폴 엘뤼아르 지음 · 조윤경 옮김

⊗ 을유문화사

옮긴이 **조윤경**

이화여자대학교 불어불문학과와 동 대학원을 졸업하고, 프랑스 파리3대학에서 불문학 박사 학위를 받았으며, 파리 고등통번역대학교(ESIT)에서 번역사 자격증을 획득했다. 현재 이화 여자대학교 불어불문학과 교수로 재직 중이다. 저서로『초현실주의와 몸의 상상력』,『꿈의 거 울-초현실주의 시의 이미지와 언어 실험』,『보는 텍스트, 읽는 이미지』,『창의행동력』,『새로 운 문화 새로운 상상력』등이 있다.

을유세계문학전집 121
엘뤼아르 시 선집

발행일·2022년 8월 30일 초판 1쇄
지은이·폴 엘뤼아르 | 옮긴이·조윤경
펴낸이·정무영 | 펴낸곳·(주)을유문화사
창립일·1945년 12월 1일 | 주소·서울시 마포구 서교동 469-48
전화·02-733-8153 | FAX·02-732-9154 | 홈페이지·www.eulyoo.co.kr
ISBN 978-89-324-0514-8 04860   978-89-324-0330-4(세트)

차례

제1부: 1910년대

『평화를 위한 시』

Poèmes pour la paix, 1918

I *

모든 행복한 여자는
남편을 되찾았네 ― 태양으로부터 돌아온 그는
그만큼의 온기를 가져다주네.
그는 웃고 감미롭게 안녕이라고 말하고는
자신의 경이로움과 포옹하지.

VI

일하라.
내 열 손가락의 일과 내 머리의 일,
신의 일, 짐승의 일,
나의 삶과 매일 꿈꾸는 우리의 희망,
식량과 우리의 사랑.

일하라.

VIII

나는 오랫동안 쓸모없는 얼굴을 갖고 있었어,
하지만 지금
나 사랑받기 위한 얼굴을 갖고 있네,
나 행복하기 위한 얼굴을 갖고 있네.

X

나는 온갖 미녀를 꿈꾸지
여행하는 달과 함께
매우 고요히,
밤을 거니는.

XI

과일나무에 핀 온갖 꽃이 나의 정원을 밝힌다,
아름다움의 나무들과 과일나무들.
그리고 나는 일한다 그리고 나는 내 정원에 홀로 있다.

그리고 태양은 내 손 위에서 어두운 불길로 타오른다.

I

Toutes les femmes heureuses ont
Retrouvé leur mari — il revient du soleil
Tant il apporte de chaleur.
Il rit et dit bonjour tout doucement
Avant d'embrasser sa merveille.

VI

Travaille.
Travail de mes dix doigts et travail de ma tête,
Travail de Dieu, travail de bête,
Ma vie et notre espoir de tous les jours,
La nourriture et notre amour.
Travaille.

VIII

J'ai eu longtemps un visage inutile,
Mais maintenant
J'ai un visage pour être aimé,

J'ai un visage pour être heureux.

X

Je rêve de toutes les belles
Qui se promènent dans la nuit,
Très calmes,
Avec la lune qui voyage.

XI

Toute la fleur des fruits éclaire mon jardin,
Les arbres de beauté et les arbres fruitiers.
Et je travaille et je suis seul en mon jardin.
Et le Soleil brûle en feu sombre sur mes mains.

제2부: 1920년대

『동물들과 그들의 인간들, 인간들과 그들의 동물들』

Les animaux et leurs hommes, les hommes et leurs animaux, 1920

동물이 웃는다

세상이 웃는다,
세상은 행복하고, 만족스럽고 즐겁다.
입술이 열리고, 제 날개를 펼치고는 다시 착륙한다.
젊은 입술들이 다시 착륙한다,
늙은 입술들이 다시 착륙한다.

동물 한 마리도 웃는다,
찡그린 얼굴로부터 기쁨을 펼치면서.
지상의 모든 장소에서
털이 흔들리고, 양털이 춤을 추고

새들은 제 깃털을 떨군다.

동물 한 마리도 웃으며
저 자신으로부터 멀리 달아난다.
세상이 웃는다,
동물 한 마리도 웃는다,
동물 한 마리가 달아난다.

Animal rit
동물이 웃는다

Le monde rit,

Le monde est heureux, content et joyeux.

La bouche s'ouvre, ouvre ses ailes et retombe.

Les bouches jeunes retombent,

Les bouches vieilles retombent.

Un animal rit aussi,

Étendant la joie de ses contorsions.

Dans tous les endroits de la terre

Le poil remue, la laine danse

Et les oiseaux perdent leurs plumes.

Un animal rit aussi

Et saute loin de lui-même.

Le monde rit,

Un animal rit aussi,

Un animal s'enfuit.

물고기

물고기들, 헤엄치는 사람들, 배들은
물을 변화시킨다.
물은 온순하여
자신을 건드리는 것을 위해서만 움직인다.

물고기는 앞으로 나아간다
장갑 속에 끼워진 손가락처럼,
헤엄치는 사람은 천천히 춤을 추고
배는 숨을 쉰다.

하지만 온순한 물은 움직인다
자신을 건드리는 것을 위하여,
물이 실어 가고
또 실어 오는
물고기, 헤엄치는 사람, 배를 위하여.

Poisson
물고기

Les poissons, les nageurs, les bateaux
Transforment l'eau.
L'eau est douce et ne bouge
Que pour ce qui la touche.

Le poisson avance
Comme un doigt dans un gant,
Le nageur danse lentement
Et la voile respire.

Mais l'eau douce bouge
Pour ce qui la touche,
Pour le poisson, pour le nageur, pour le bateau
Qu'elle porte
Et qu'elle emporte.

『삶의 필연성과 꿈의 결과』

Les nécessités de la vie et les conséquences des rêves, 1921

자장가

세실 엘뤼아르*에게.

딸과 엄마와 엄마와 딸과 딸과 엄마와 엄마와 딸과 딸과 엄마
와 엄마와 딸과 딸과 엄마와 엄마와 엄마와 딸과 딸과 딸과 엄마.

Berceuse
자장가

à Cécile Éluard.

Fille et mère et mère et fille et fille et mère et mère et fille et
fille et mère et mère et fille et fille et mère et mère et mère et
fille et fille et fille et mère.

연주자

루이 아라공*에게.

나는 우선 내 손을 오므린다, 나는 생각해 본다, 나는 네게 내 손을 내민다, 나는 생각해 본다, 나는 네게 불태울 수 있는 보물 하나를 준다, 나는 그것이 타도록 내버려 둔다. 우리는 서로 사랑한다, 나는 그걸 확신하며 그것에 대해 조금도 걱정하지 않는다, 나는 생각해 본다.

Le joueur
연주자

à Louis Aragon.

Je plie d'abord mes mains, je réfléchis, je te donne mes mains, je réfléchis, je te donne un trésor qui peut brûler, je le laisse brûler. Nous nous aimons, j'en suis sûr et je n'en ai aucun souci, je réfléchis.

모진 말. - 58번

프랑시스 피카비아*에게.

작은 길들은   모든 시인은
칼이다.   그림을 그릴 수 있다.

"우체국은 정면에 있습니다.
— 그것을 알려 줘서 나보고 어쩌란 말이오?
— 미안합니다 나는 당신이 손에 편지를 들고 있기
에. 생각했지요…….
— 생각하는 것보다, 아는 것이 중요해요.

물고기들의   새벽녘에 앉아 있기,
마루.   다른 곳에서 눕기.

Un mot dur. – N° 58

모진 말. – 58번

à Francis Picabia.

Les petites rues sont
des couteaux.

Tous les poètes
savent dessiner.

"Le bureau de poste est en face.

— Que voulez-vous que ça me fasse ?

— Pardon je vous voyais une lettre à la main. Je croyais…

— Il ne s'agit pas de croire, mais de savoir.

Le plancher des
poissons.

S'asseoir à l'aube,
coucher ailleurs.

『반복』
Répétitions, 1922

막스 에른스트˙ [1]

어느 모퉁이에서 민첩한 근친상간이
작은 치마를 두른 처녀성 주위를 맴돈다
어느 모퉁이에서 해방된 하늘이
폭풍우의 가시들에 흰 공들을 남긴다.

모든 눈보다 더 맑은 어느 모퉁이에서
우리는 고뇌의 물고기를 기다린다.
어느 모퉁이에서 여름의 녹음이 드리운 자동차
부동의 영광스러운 그리고 영원히.

젊음의 미광(微光)으로

매우 늦게 켜진 램프들

첫 번째 램프가 제 젖가슴을 드러내고 그것을 붉은 벌레들이 죽인다.

Max Ernst [1]
막스 에른스트 [1]

Dans un coin l'inceste agile

Tourne autour de la virginité d'une petite robe

Dans un coin le ciel délivré

Aux épines de l'orage laisse des boules blanches.

Dans un coin plus clair de tous les yeux

On attend les poissons d'angoisse.

Dans un coin la voiture de verdure de l'été

Immobile glorieuse et pour toujours.

A la lueur de la jeunesse

Des lampes allumées très tard

La première montre ses seins que tuent des insectes rouges.

지속 [2]

달은 한쪽 눈에서, 해는 다른 쪽 눈에서,
사랑은 입술 속에서, 아름다운 새는 머리털 속에서 잠들다,
들판, 숲, 길과 바다로 치장한,
지구의 둘레로 치장한 아름다운 여인.

허리를 붙잡힌, 강물로 된 모든 근육을 붙잡힌 여인이여,
모래 스타킹을 신은 돌의 다리로,
풍경을 통과해 달아나라,
연기 나는 나뭇가지와 바람의 모든 열매 사이를 지나,
그리고 변화된 얼굴 위로 스치는 마지막 걱정거리를 지나.

Suite [2]
지속 [2]

Dormir, la lune dans un œil et le soleil dans l'autre,

Un amour dans la bouche, un bel oiseau dans les cheveux,

Parée comme les champs, les bois, les routes et la mer,

Belle et parée comme le tour du monde.

Fuis à travers le paysage,

Parmi les branches de fumée et tous les fruits du vent,

Jambes de pierre aux bas de sable,

Prise à la taille, à tous les muscles de rivière,

Et le dernier souci sur un visage transformé.

말

나는 쉬운 아름다움을 지녔고 그래서 행복해.
나는 바람의 지붕 위를 활주하네
나는 바다의 지붕 위를 활주하네
나는 감정이 풍부해졌지
이제 내게는 운전사가 없네
나는 이제 움직이지 않아 얼음 위의 비단
나는 아파 꽃과 조약돌
나는 구름 중에서도 가장 난해한 부분을 좋아하지
나는 새들의 비행에서 가장 벌거벗은 면을 좋아하지
나는 늙었지만 여기서 난 아름다워
그리고 깊은 창문에서 내려오는 그림자는
매일 저녁 내 눈의 검은 심장을 비껴가네.

La parole
말

J'ai la beauté facile et c'est heureux.

Je glisse sur le toit des vents

Je glisse sur le toit des mers

Je suis devenue sentimentale

Je ne connais plus le conducteur

Je ne bouge plus soie sur les glaces

Je suis malade fleurs et cailloux

J'aime le plus chinois aux nues

J'aime la plus nue aux écarts d'oiseau

Je suis vieille mais ici je suis belle

Et l'ombre qui descend des fenêtres profondes

Épargne chaque soir le cœur noir de mes yeux.

강물

내 혀 아래로 흐르는 강물,
아무도 상상하지 못하는 물, 내 작은 배여,
이제, 커튼이 내려지리니, 말합시다.

La rivière
강물

La rivière que j'ai sous la langue,
L'eau qu'on n'imagine pas, mon petit bateau,
Et, les rideaux baissés, parlons.

시

나무 위에 걸린 심장 당신은 그걸 따기만 하면 되었지요,
미소와 웃음, 웃음과 감각 너머의 감미로움.
패배한, 승리한 그리고 빛나는, 천사처럼 순수한,
하늘을 향한 높은 곳에, 과일들을 매달고 있는.

멀리, 싸우고 싶어하지만, 언덕 아래에 누워 있어
그럴 수 없는 미녀가 투덜거리네요.
하늘이 황폐하든 투명하든 간에
그녀를 보면 사랑하지 않을 수 없죠.

마디를 접는 손가락과 같은 나날들.
꽃들이 마르고, 낱알들이 떨어지고,
불볕더위는 하얀 된서리를 기다리고 있네요.

가엾은 망자의 눈에. 도자기를 그리기.
한 곡조의 음악, 완전히 드러난 흰 팔들.
바람과 새가 서로 합쳐집니다 — 하늘이 변하네요.

Poèmes
시

Le cœur sur l'arbre vous n'aviez qu'à le cueillir,
Sourire et rire, rire et douceur d'outre-sens.
Vaincu, vainqueur et lumineux, pur comme un ange,
Haut vers le ciel, avec les arbres.

Au loin, geint une belle qui voudrait lutter
Et qui ne peut, couchée au pied de la colline.
Et que le ciel soit misérable ou transparent
On ne peut la voir sans l'aimer.

Les jours comme des doigts repliant leurs phalanges.
Les fleurs sont desséchées, les graines sont perdues,
La canicule attend les grandes gelées blanches.

A l'œil du pauvre mort. Peindre des porcelaines.
Une musique, bras blancs tout nus.
Les vents et les oiseaux s'unissent — le ciel change.

유일한 여자

그녀는 자기 몸의 평온함 속에
눈(目)의 빛깔 작은 눈덩이를 간직하고 있었네
그녀는 어깨 위에
침묵의 점 장미의 점을 간직하고 있었네
그녀의 후광이 드리운 덮개여
그녀의 손과 노래하는 유연한 아치들이
빛을 깨뜨렸지

그녀는 잠들지 않고 매 순간을 노래했네.

L'unique
유일한 여자

Elle avait dans la tranquillité de son corps

Une petite boule de neige couleur d'œil

Elle avait sur les épaules

Une tache de silence une tache de rose

Couvercle de son auréole

Ses mains et des arcs souples et chanteurs

Brisaient la lumière

Elle chantait les minutes sans s'endormir.

더한 이유

대기를 감도는 빛,
반쯤 사라지고, 반쯤 빛나는 대기의 선회(旋回),
아이들을 안으로 들여보내라,
온갖 인사, 온갖 입맞춤, 온갖 감사도.

입술 주위를 감도는
그녀의 웃음은 늘 다르다,
그것은 쾌락, 그것은 욕망, 그것은 고통,
그것은 광녀, 그것은 꽃, 지나가는 식민지 태생의 백인 여자.

결코 똑같지 않은, 나체.
나는 정말로 추하지.
눈(雪)의, 보살핌의 시기에, 가꾼 풀밭,
수많은 눈,
정해진 시간에,
부드러운 새틴 천들 조각상들.
사원은 샘이 되었고
손은 심장을 대신한다.

나를 사랑하기 위해, 미래를 확신하는
이 시기의 나를 알아야만 했었다.

Raison de plus
더한 이유

Les lumières en l'air,

L'air sur un tour moitié passé, moitié brillant,

Faites entrer les enfants,

Tous les saluts, tous les baisers, tous les remerciements.

Autour de la bouche

Son rire est toujours différent,

C'est un plaisir, c'est un désir, c'est un tourment,

C'est une folle, c'est la fleur, une créole qui passe.

La nudité, jamais la même.

Je suis bien laid.

Au temps des soins, des neiges, herbes en soins,

Neiges en foule,

Au temps en heures fixes,

Des souples satins des statues.

Le temple est devenu fontaine

Et la main remplace le cœur.

Il faut m'avoir connu à cette époque pour m'aimer,

sûr du lendemain.

『폴 엘뤼아르와 막스 에른스트가 밝힌 불사신들의 불행』

Les malheurs des immortels *révélés par Paul Éluard et Max Ernst*, 1922

가위들과 그들의 아버지

　아이는 아프다, 아이는 곧 죽을 것이다. 우리에게 시각을 준, 전나무 숲속에 어둠을 가둔, 폭풍우가 지난 후에 거리를 마르게 한 그 아이. 그는 갖고 있었지, 그는 넉넉한 위장을 갖고 있었지, 그는 제 뼈 안에 가장 감미로운 기후를 지니고 있었고 종탑들과 사랑을 나누었다.

　아이는 아프다, 아이는 곧 죽을 것이다. 그는 지금 세계의 끝자락과 밤이 그에게 가져다준 새의 깃털을 붙잡고 있다. 사람들은 그에게 황금 바탕에 중간 크기의 바구니 위에 놓인 드레스, 금빛 실로 수놓아진 커다란 드레스를 입힐 것이고, 자비로운 술이 달린 턱받침을 씌우고, 머리털에 색종이 조각들을 장식할 것이다. 구름은 두 시간밖에 남지 않았다고 예고한다. 창가에서, 바깥에 드리운 바늘이 그가 겪는 고통의 진동과 간격들을 기록하고 있다. 달콤한 레이스로 장식된 은신처에서, 피라미드는 큰 절을 올리고 개들은 수수께끼 속에 숨어 있다 — 군주들은 자신이 우는 모습을 남들에게 보이는 것을 좋아하지 않는다. 그렇다면 피뢰침은? 어디에 왕세자 전하인 피뢰침이 있는가?

그는 선량했다. 그는 상냥했다. 그는 바람을 휘두르거나, 쓸데없이 진흙을 부수지도 않았다. 그는 홍수 속에 갇히지도 않았다. 그는 곧 죽을 것이다. 그렇다면 작다는 것은 아무 의미도 없는 걸까?

Les ciseaux et leur père
가위들과 그들의 아버지

Le petit est malade, le petit va mourir. Lui qui nous a donné la vue, qui a enfermé les obscurités dans les forêts de sapins, qui séchait les rues après l'orage. Il avait, il avait un estomac complaisant, il portait le plus doux climat dans ses os et faisait l'amour avec les clochers.

Le petit est malade, le petit va mourir. Il tient maintenant le monde par un bout et l'oiseau par les plumes que la nuit lui rapporte. On lui mettra une grande robe, une robe sur moyen panier, fond d'or, brodée avec l'or de couleur, une mentonnière avec des glands de bienveillance et des confettis dans les cheveux. Les nuages annoncent qu'il n'en a plus que pour deux heures. A la fenêtre, une aiguille à l'air enregistre les tremblements et les écarts de son agonie. Dans leurs cachettes de dentelle sucrée, les pyramides se font de grandes révérences et les chiens se cachent dans les rébus—les majestés n'aiment pas qu'on les voie pleurer. Et le paratonnerre ? Où est monseigneur le paratonnerre ?

Il était bon. Il était doux. Il n'a jamais fouetté le vent, ni écrasé la boue sans nécessité. Il ne s'est jamais enfermé dans une inondation. Il va mourir. Ce n'est donc rien du tout d'être petit ?

『죽지 않으려 죽다』

Mourir de ne pas mourir, 1924

성(性)의 평등

네 눈은 어딘지 모를 나라의 출신
그곳에서는 누구도 시선이 무엇인지를 알 수 없었어
눈의 아름다움, 돌의 아름다움,
물방울의 아름다움, 벽장 안 진주의 아름다움도 알지 못했지,

알몸의 뼈대 없는 돌멩이들, 오 내 조각상이여,
눈부신 태양이 네게 거울이 되었다가
저녁의 힘에 굴복한 것 같다면
그건 네 얼굴이 눈감았기 때문이지, 오 쓰러진 조각상이여

내 사랑으로 내 날것의 계책들로.
내 미동 없는 욕망은 네 마지막 받침대
하여 나는 전쟁 없이 너를 가져가네,
내 나약함으로 끊어지고 내 인연들로 붙들린 오 내 이미지여.

L'égalité des sexes

성(性)의 평등

Tes yeux sont revenus d'un pays arbitraire

Où nul n'a jamais su ce que c'est qu'un regard

Ni connu la beauté des yeux, beauté des pierres,

Celle des gouttes d'eau, des perles en placards,

Des pierres nues et sans squelette, ô ma statue,

Le soleil aveuglant te tient lieu de miroir

Et s'il semble obéir aux puissances du soir

C'est que ta tête est close, ô statue abattue

Par mon amour et par mes ruses de sauvage.

Mon désir immobile est ton dernier soutien

Et je t'emporte sans bataille, ô mon image,

Rompue à ma faiblesse et prise dans mes liens.

사랑에 빠진 여자

그녀는 내 눈꺼풀 위에 서 있고
그녀의 머리털은 내 머리털 속에 있네,
그녀는 내 손의 형태를 띠고,
그녀는 내 눈의 빛깔을 지녔네,
그녀는 내 그림자 속으로 사라지네
하늘 위로 던져진 돌멩이처럼.

그녀는 항상 눈을 뜨고 있어서
나를 잠들지 못하게 하지.
빛 한가운데 있는 그녀의 꿈들은
태양을 증발시키고,
나를 웃게 하고, 울면서 웃게 하며,
아무 할 말이 없어도 말하게 하지.

L'amoureuse

사랑에 빠진 여자

Elle est debout sur mes paupières

Et ses cheveux sont dans les miens,

Elle a la forme de mes mains,

Elle a la couleur de mes yeux,

Elle s'engloutit dans mon ombre

Comme une pierre sur le ciel.

Elle a toujours les yeux ouverts

Et ne me laisse pas dormir.

Ses rêves en pleine lumière

Font s'évaporer les soleils,

Me font rire, pleurer et rire,

Parler sans avoir rien à dire.

진실의 알몸

나는 그걸 잘 알고 있다.

절망에는 날개가 없다,
사랑에도 없다,
얼굴이 없어,
말하지 않는다,
나는 움직이지 않는다,
나는 그들을 보지 않는다,
나는 그들에게 말하지 않는다
하지만 나는 내 사랑과 내 절망만큼이나 잘 살아 있다.

Nudité de la vérité

진실의 알몸

Je le sais bien.

Le désespoir n'a pas d'ailes,

L'amour non plus,

Pas de visage,

Ne parlent pas,

Je ne bouge pas,

Je ne les regarde pas,

Je ne leur parle pas

Mais je suis bien aussi vivant que mon amour et que mon désespoir.

『고뇌의 수도』

Capitale de la douleur, 1926

더는 함께하지 않기

벌거벗고 투명한, 광기 어린 저녁에,
사물들 사이의 공간은 내 말(言)의 형태를 지니고 있다,
목구멍에서 벨트를 풀어
올가미로 메아리를 잡는 어느 떠돌이의,
어느 낯선 자의 말의 형태를.

나무들과 울타리 사이,
벽과 턱 사이,
떨고 있는 이 커다란 새와
새를 짓누르는 언덕 사이에 있는,

공간은 내 시선의 형태를 지니고 있다.

내 눈은 헛되다,
먼지의 지배는 끝났다,
길의 머리털은 뻣뻣한 외투를 걸치고 있었다,
길은 이제 달아나지 않는다, 나는 이제 움직이지 않는다,
모든 다리는 끊겼다, 하늘도 그곳을 지나지 않으리라,
나도 물론 더는 그곳을 보지 않을 수 있다.
세계는 내 세상과 분리되고
전쟁의 완전한 정점에서,
피의 계절이 내 두뇌에서 시들 때,
나는 나의 것인
사람의 광채와 대낮의 빛을 구분한다,
나는 현기증과 자유를,
죽음과 도취를,
잠과 꿈을 구분한다,

오 나 자신의 반영이여! 오 피로 물든 내 반영이여!

Ne plus partager
더는 함께하지 않기

Au soir de la folie, nu et clair,

L'espace entre les choses a la forme de mes paroles,

La forme des paroles d'un inconnu,

D'un vagabond qui dénoue la ceinture de sa gorge

Et qui prend les échos au lasso.

Entre des arbres et des barrières,

Entre des murs et des mâchoires,

Entre ce grand oiseau tremblant

Et la colline qui l'accable,

L'espace a la forme de mes regards.

Mes yeux sont inutiles,

Le règne de la poussière est fini,

La chevelure de la route a mis son manteau rigide,

Elle ne fuit plus, je ne bouge plus,

Tous les ponts sont coupés, le ciel n'y passera plus,

Je peux bien n'y plus voir.

Le monde se détache de mon univers

Et, tout au sommet des batailles,

Quand la saison du sang se fane dans mon cerveau,

Je distingue le jour de cette clarté d'homme

Qui est la mienne,

Je distingue le vertige de la liberté,

La mort de l'ivresse,

Le sommeil du rêve,

Ô reflets sur moi-même ! ô mes reflets sanglants !

파블로 피카소*

잠의 무기들이 밤에 파 놓았지
우리의 얼굴들을 갈라놓는 경이로운 밭고랑을.
다이아몬드 너머로, 모든 메달은 가짜고,
눈부신 하늘 아래, 땅은 보이지 않네.

심장의 얼굴은 제 빛깔을 잃었고
태양은 우리를 찾고 있으며 눈(雪)은 맹인이지.
만약 우리가 그걸 버린다면, 지평선은 날개를 달 것이고
먼 데로 향한 우리의 시선은 실수들을 사라지게 하지.

Pablo Picasso
파블로 피카소

Les armes du sommeil ont creusé dans la nuit
Les sillons merveilleux qui séparent nos têtes.
A travers le diamant, toute médaille est fausse,
Sous le ciel éclatant, la terre est invisible.

Le visage du cœur a perdu ses couleurs
Et le soleil nous cherche et la neige est aveugle.
Si nous l'abandonnons, l'horizon a des ailes
Et nos regards au loin dissipent les erreurs.

세상의 첫 여인

파블로 피카소에게.

평원의 수인(囚人), 빈사 상태의 미친 여인아,
빛은 네 위에서 자취를 감춘다, 하늘을 보려무나.
하늘은 네 꿈을 나무라기 위해 눈을 감았고,
하늘은 네 사슬을 끊기 위해 네 드레스를 잠갔다.

한데 묶인 바퀴들 앞에서
부채가 폭소를 터뜨린다.
풀이 엮어 내는 위험한 그물 안에서
길들은 제 광채를 잃는다.

그렇다면 너는 따뜻하고 아양 부리는 네 손바닥 안이나
네 머리의 곱슬거리는 머리칼 안에서
아몬드 열매처럼 선박들이 맺혀 있는
파도를 붙잡아 둘 수 없겠니?

별들을 붙잡아 둘 수 없겠니?

사지가 찢긴, 너는 그들과 흡사하다,
그들의 불타는 둥지 안에서 너는 살고
네 빛은 그곳에서 퍼져 나간다.

입마개를 쓴 새벽으로부터 단 한 번의 외침이 솟아 나오려 하고,
소용돌이치는 태양이 나무껍질 아래 넘쳐흐른다.
그것은 네 감은 눈꺼풀 위에 머무르리라.
오 다정한 여인이여, 네가 잠을 잘 때, 밤은 낮과 섞인다.

Première du monde
세상의 첫 여인

à Pablo Picasso.

Captive de la plaine, agonisante folle,
La lumière sur toi se cache, vois le ciel :
Il a fermé les yeux pour s'en prendre à ton rêve,
Il a fermé ta robe pour briser tes chaînes.

Devant les roues toutes nouées
Un éventail rit aux éclats.
Dans les traîtres filets de l'herbe
Les routes perdent leur reflet.

Ne peux-tu donc prendre les vagues
Dont les barques sont les amandes
Dans ta paume chaude et câline
Ou dans les boucles de ta tête ?

Ne peux-tu prendre les étoiles ?

Écartelée, tu leur ressembles,

Dans leur nid de feu tu demeures

Et ton éclat s'en multiplie.

De l'aube bâillonnée un seul cri veut jaillir,

Un soleil tournoyant ruisselle sous l'écorce.

Il ira se fixer sur tes paupières closes.

Ô douce, quand tu dors, la nuit se mêle au jour.

언제나 순수한 그들의 눈

더딘 나날, 비 오는 나날,
깨진 거울과 잃어버린 바늘의 나날,
바다의 수평선에서 감긴 눈꺼풀의 나날,
모두 비슷한 시간으로 이뤄진, 속박된 나날,

나뭇잎들과 꽃들 위에서 여전히 빛나던 내 정신,
내 정신은 사랑처럼 알몸이어서,
그가 잊어버린 새벽은 그의 머리를 숙이게 하여
순종적이고 헛된 제 몸을 바라보게 만드네.

하지만 나는 세상에서 가장 아름다운 눈들을 보았지,
손에 사파이어를 들고 있던 은빛 신들,
진정한 신들, 대지와 물속에 있는 새들,
나는 그들을 보았지.

그들의 날개는 나의 것, 내 비참함을 흔들어 없애 주는
그들의 비상,
그들 날개의 물결 위로

별과 빛을 안은 비상
대지를 안은 비상, 돌을 안은 비상만이 있을 뿐,
삶과 죽음을 통해 지탱되는 내 생각이여.

Leurs yeux toujours purs

언제나 순수한 그들의 눈

Jours de lenteur, jours de pluie,

Jours de miroirs brisés et d'aiguilles perdues,

Jours de paupières closes à l'horizon des mers,

D'heures toutes semblables, jours de captivité,

Mon esprit qui brillait encore sur les feuilles

Et les fleurs, mon esprit est nu comme l'amour,

L'aurore qu'il oublie lui fait baisser la tête

Et contempler son corps obéissant et vain.

Pourtant, j'ai vu les plus beaux yeux du monde,

Dieux d'argent qui tenaient des saphirs dans leurs mains,

De véritables dieux, des oiseaux dans la terre

Et dans l'eau, je les ai vus.

Leurs ailes sont les miennes, rien n'existe

Que leur vol qui secoue ma misère,

Leur vol d'étoile et de lumière

Leur vol de terre, leur vol de pierre

Sur les flots de leurs ailes,

Ma pensée soutenue par la vie et la mort.

조르주 브라크*

새 한 마리 날아간다,
새는 쓸데없는 베일인 양 구름을 걷어 낸다,
새는 빛을 두려워하지 않았다,
제 비상에 갇힌,
그에게는 그림자가 없었다.

태양에 의해 부서져 거둬들인 조개껍질들.
그래라고 말하는 숲속의 모든 나뭇잎,
나뭇잎들은 그래라고만 말할 수 있지,
모든 질문, 모든 대답에
그래서 이슬방울은 이런 그래 한가운데로 흐른다.

가벼운 눈매를 지닌 한 남자가 사랑이 감도는 하늘을 묘사한다.
그는 하늘의 경이로움을 모은다
숲속의 나뭇잎들처럼,
날개 속의 새들처럼
그리고 잠든 사람들처럼.

Georges Braque
조르주 브라크

Un oiseau s'envole,

Il rejette les nues comme un voile inutile,

Il n'a jamais craint la lumière,

Enfermé dans son vol,

Il n'a jamais eu d'ombre.

Coquilles des moissons brisées par le soleil.

Toutes les feuilles dans les bois disent oui,

Elles ne savent dire que oui,

Toute question, toute réponse

Et la rosée coule au fond de ce oui.

Un homme aux yeux légers décrit le ciel d'amour.

Il en rassemble les merveilles

Comme des feuilles dans un bois,

Comme des oiseaux dans leurs ailes

Et des hommes dans le sommeil.

밤

밤의 지평선을 어루만져라, 새벽이 제 살결로 뒤덮은 흑옥 (黑玉)의 심장을 찾아라. 그 심장이 네 눈 속에 순결한 생각, 불꽃, 날개 그리고 태양이 만들지 못했던 녹음을 넣어 주리라.

네게 부족한 것은 밤이 아니라, 밤의 힘이니.

La nuit
밤

Caresse l'horizon de la nuit, cherche le cœur de jais que l'aube recouvre de chair. Il mettrait dans tes yeux des pensées innocentes, des flammes, des ailes et des verdures que le soleil n'inventa pas.

Ce n'est pas la nuit qui te manque, mais sa puissance.

한순간의 거울

그것은 빛을 흩뜨린다,
그것은 인간들에게 표면에서 해방된 이미지를 보여 준다,
그것은 인간들에게 관심을 다른 데로 돌릴 여지를 주지 않는다.
그것은 돌처럼 단단하다,
무정형의 돌,
움직임과 시각의 돌,
그리고 그것의 섬광은 그 어떤 갑옷이나, 그 어떤 가면도 일그
러뜨릴 만큼 찬란하다.
손에 쥐어졌던 그것은 손의 형태를 취하는 것조차 경멸한다,
이해되었던 것은 이제 남아 있지 않다,
새는 바람과,
하늘은 그의 진실과,
인간은 그의 현실과 뒤섞였다.

Le miroir d'un moment
한순간의 거울

Il dissipe le jour,

Il montre aux hommes les images déliées de l'apparence,

Il enlève aux hommes la possibilité de se distraire.

Il est dur comme la pierre,

La pierre informe,

La pierre du mouvement et de la vue,

Et son éclat est tel que toutes les armures, tous les masques
en sont faussés.

Ce que la main a pris dédaigne même de prendre la forme
de la main,

Ce qui a été compris n'existe plus,

L'oiseau s'est confondu avec le vent,

Le ciel avec sa vérité,

L'homme avec sa réalité.

네 눈의 곡선이

네 눈의 곡선이 내 마음을 맴돈다,
춤추는 감미로운 원,
시간의 후광, 안락한 밤의 요람이여,
그리하여 내가 경험한 모든 것을 더는 알지 못하게 된다면
그것은 네 눈이 항상 나를 보고 있지는 않았기 때문이다.

낮의 나뭇잎들과 이슬 맺힌 이끼,
바람 속 갈대들, 향내 나는 미소,
세상을 빛으로 덮는 날개들,
하늘과 바다를 실은 배들,
소리의 사냥꾼들과 빛깔의 샘들,

별들의 짚 더미 위에 언제나 놓여 있던
새벽의 알이 부화하는 향기,
빛이 순결함으로 움직이듯
온 세상은 네 순수한 눈에 의해 움직이며
내 모든 피는 네 눈길 속에서 흐른다.

La courbe de tes yeux
네 눈의 곡선이

La courbe de tes yeux fait le tour de mon cœur,

Un rond de danse et de douceur,

Auréole du temps, berceau nocturne et sûr,

Et si je ne sais plus tout ce que j'ai vécu

C'est que tes yeux ne m'ont pas toujours vu.

Feuilles de jour et mousse de rosée,

Roseaux du vent, sourires parfumés,

Ailes couvrant le monde de lumière,

Bateaux chargés du ciel et de la mer,

Chasseurs des bruits et sources des couleurs,

Parfums éclos d'une couvée d'aurores

Qui gît toujours sur la paille des astres,

Comme le jour dépend de l'innocence

Le monde entier dépend de tes yeux purs

Et tout mon sang coule dans leurs regards.

언제나 함께 있는, 전부인 그녀

만일 내가 그대에게 "나 모든 것을 포기했어"라고 말한다면
그것은 그녀가 내 육체의 그녀가 아니기 때문,
나는 결코 그런 허풍을 떨지 않았고,
그것은 사실이 아니지
그리고 내가 헤쳐 나가는 짙은 안개는
내가 지나갔는지도 모르네.

그녀 입술의 부채, 그녀 눈의 광채,
나만이 그것에 대해 말할 수 있어,
나만이 그토록 아무것도 아닌 이 거울에 둘러싸일 수 있어
거울에선 공기가 나를 통과해 돌고
공기에는 얼굴이 있지, 사랑받는 얼굴이,
사랑하는 얼굴이, 네 얼굴이,
이름도 없고 다른 그 누구도 모르는 너에게,
너에게 바다는 말하지. 내 쪽으로 와, 너에게 하늘은 말하지. 내 쪽으로 와,
　별들은 너를 추측하고, 구름은 너를 상상해
　그리고 최상의 순간에 흐르는 피,

관대함의 피는
너를 황홀하게 실어 가네.

나는 너를 노래한다는 큰 기쁨을 노래하네,
너를 갖거나 너를 갖지 않는 큰 기쁨을,
너를 기다리는 순진함을, 너를 알아보는 무구함을,
오 망각과 희망과 무지를 지우는 그대,
부재를 지우는 그리고 나를 세상에 탄생시킨 그대여,
나는 노래하기 위해 노래하네, 나는 노래하기 위해 너를 사랑
하네
사랑이 나를 낳고 자유롭게 하는 신비로움을.

너는 순수해, 너는 여전히 나 자신보다 더 순수해.

Celle de toujours, toute
언제나 함께 있는, 전부인 그녀

Si je vous dis : « j'ai tout abandonné »

C'est qu'elle n'est pas celle de mon corps,

Je ne m'en suis jamais vanté,

Ce n'est pas vrai

Et la brume de fond où je me meus

Ne sait jamais si j'ai passé.

L'éventail de sa bouche, le reflet de ses yeux,

Je suis le seul à en parler,

Je suis le seul qui soit cerné

Par ce miroir si nul où l'air circule à travers moi

Et l'air a un visage, un visage aimé,

Un visage aimant, ton visage,

A toi qui n'as pas de nom et que les autres ignorent,

La mer te dit : sur moi, le ciel te dit : sur moi,

Les astres te devinent, les nuages t'imaginent

Et le sang répandu aux meilleurs moments,

Le sang de la générosité

Te porte avec délices.

Je chante la grande joie de te chanter,
La grande joie de t'avoir ou de ne pas t'avoir,
La candeur de t'attendre, l'innocence de te connaître,
Ô toi qui supprimes l'oubli, l'espoir et l'ignorance,
Qui supprimes l'absence et qui me mets au monde,
Je chante pour chanter, je t'aime pour chanter
Le mystère où l'amour me crée et se délivre.

Tu es pure, tu es encore plus pure que moi-même.

『인생의 이면 혹은 인간 피라미드』

Les dessous d'une vie ou *La pyramide humaine*, 1926

서시

끊임없이 그는 깨어났고, 끊임없이 그는 잠들었다.
샤를 보들레르.

그러자 인간의 얼굴이 내 꿈들을 억압하러 왔다.
토머스 드퀸시.

끔찍한 영원이여.
에드워드 영.

우선 하나의 커다란 욕망이 장엄하고 성대하게 내게로 왔다.

나는 추웠다. 살아 있고 부패한 내 모든 존재가 죽은 자들의 준엄함과 위엄을 갈망했다. 그러고는 형태들이 어떠한 역할도 하지 못하는 신비에 이끌렸다. 새들과 구름이 추방당한 빛바랜 하늘이 궁금한 사람. 나는 본다는 순수한 능력의 노예가 되었고, 세상을 모르고 눈 자체에 대해서도 모르는 비현실적이고 순결한 내 눈의 노예가 되었다. 조용한 힘. 나는 볼 수 있는 것과 볼 수 없는 것을 지웠고, 뒷면 없는 거울 속에 빠져들었다. 불멸의, 나는 눈멀지 않았다.

Préface en vers

서시

Sans cesse il s'éveillait, et sans cesse il s'endormait.

Charles Baudelaire.

Alors que la face humaine est venue tyranniser mes rêves.

Thomas de Quincey.

Épouvantable éternité.

Édouard Young.

D'abord, un grand désir m'était venu de solennité et d'apparat. J'avais froid. Tout mon être vivant et corrompu aspirait à la rigidité et à la majesté des morts. Je fus tenté ensuite par un mystère où les formes ne jouent aucun rôle. Curieux d'un ciel décoloré d'où les oiseaux et les nuages sont bannis. Je devins esclave de la faculté pure de voir, esclave de mes yeux irréels et vierges, ignorants du monde et d'eux-mêmes. Puissance tranquille. Je supprimai le visible et l'invisible, je me perdis dans un miroir sans tain. Indestructible, je n'étais pas aveugle.

다이아몬드의 여왕

아주 어렸을 때, 나는 순수를 향해 두 팔을 벌렸다. 그것은 다만 내 영원의 하늘을 향한 날갯짓이었고, 정복당한 가슴 속에서 고동치는 사랑의 심장박동이었다. 나는 더 이상 추락할 수 없었다.

사랑을 사랑하면서. 진실로, 빛은 나를 밝혀 주고 있다.

나는 밤을, 밤의 전부를, 온갖 밤을 바라보기 위해 내 안에 충분한 빛을 간직하고 있다.

모든 처녀는 서로 다르다. 나는 항상 한 처녀를 꿈꾼다.

학교에서, 그녀는 까만 앞치마를 입은 채, 내 앞자리에 앉아 있다. 그녀가 뒤를 돌아보며 어떤 문제의 답을 물어볼 때, 그녀 눈의 순수함이 나를 어쩔 줄 모르게 만들고, 그녀는 내 혼란스러운 모습을 가엾게 여겨 팔로 내 목을 감싸 안아 준다.

다른 곳에서, 그녀는 나를 떠난다. 그녀는 선박에 오른다. 우리는 서로 거의 모르는 사이지만, 그녀의 젊음에 압도된 내게 그녀의 입맞춤은 전혀 놀랍지 않다.

혹은 그녀가 병이 났을 때, 나는 필사적으로, 잠에서 깰 때까지, 내 손으로 그녀의 손을 꼭 붙잡는다.

나는 그녀와의 약속 장소로 향할 때, 다른 생각들이 나를 데리고 가기 전에 도착하지 못할까 봐 두려워 더욱더 빨리 달려간다.

어떨 때에, 우리는 세상이 끝난다 해도 우리의 사랑으로 인해 아무것도 알아차리지 못했으리라. 그녀는 느린 애무의 고갯짓으로 내 입술을 더듬었다. 그날 밤, 나는 그녀를 낮의 세계로 데려올 수 있을 거라 진정 믿었다.

그리고 그것은 항상 똑같은 고백, 똑같은 젊음, 똑같이 순수한 눈, 팔로 내 목을 감싸는 똑같이 순진한 몸짓, 똑같은 애무, 똑같은 깨달음이다.

그러나 결코 똑같은 여자는 아니다.

트럼프 패는 내가 그녀를 생전에 만나겠지만, '그녀를 알아보지는 못하리라'라고 예언했다.

사랑을 사랑하면서.

Le dame de carreau
다이아몬드의 여왕

Tout jeune, j'ai ouvert mes bras à la pureté. Ce ne fut qu'un battement d'ailes au ciel de mon éternité, qu'un battement de cœur amoureux qui bat dans les poitrines conquises. Je ne pouvais plus tomber.

Aimant l'amour. En vérité, la lumière m'éblouit.

J'en garde assez en moi pour regarder la nuit, toute la nuit, toutes les nuits.

Toutes les vierges sont différentes. Je rêve toujours d'une vierge.

A l'école, elle est au banc devant moi, en tablier noir. Quand elle se retourne pour me demander la solution d'un problème, l'innocence de ses yeux me confond à un tel point que, prenant mon trouble en pitié, elle passe ses bras autour de mon cou.

Ailleurs, elle me quitte. Elle monte sur un bateau. Nous sommes presque étrangers l'un à l'autre, mais sa jeunesse est si grande que son baiser ne me surprend point.

Ou bien, quand elle est malade, c'est sa main que je garde

dans les miennes, jusqu'à en mourir, jusqu'à m'éveiller.

Je cours d'autant plus vite à ses rendez-vous que j'ai peur de n'avoir pas le temps d'arriver avant que d'autres pensées me dérobent à moi-même.

Une fois, le monde allait finir et nous ignorions tout de notre amour. Elle a cherché mes lèvres avec des mouvements de tête lents et caressants. J'ai bien cru, cette nuit-là, que je la ramènerais au jour.

Et c'est toujours le même aveu, la même jeunesse, les mêmes yeux purs, le même geste ingénu de ses bras autour de mon cou, la même caresse, la même révélation.

Mais ce n'est jamais la même femme.

Les cartes ont dit que je la rencontrerai dans la vie, *mais sans la reconnaître.*

Aimant l'amour.

나는 그 손이 빛을 되찾고

나는 그 손이 빛을 되찾고 비 온 뒤의 꽃들처럼 몸을 일으키는 것을 본다. 손가락의 불꽃은 하늘의 불꽃을 찾고 그 불꽃들이 나뭇잎 아래, 땅 아래, 새들의 부리 안에서 낳는 사랑은 나를 나 자신으로, 과거의 나 자신으로 돌아가게 한다.

내가 그린 이 초상화는 무엇인가? 내가 생명을 불러일으킨 삶, 그것은 되찾은 내 기억, 내 모든 옛 욕망, 내 미지의 꿈들, 내가 잊었던, 내가 몰랐던 모든 진정한 순백의 힘이 아닌가?

나는 다시는 그널 사랑하지 않으리라 결심했고 밤과 뒤섞였지. 그녀는 자유로웠고 떠돌아다닐 수 있었다. 그러나 여기서 나는 그녀를 되찾고, 여기서, 새롭게, 나는 그녀의 지평선과 경계를 이룬다.

Je vois ses mains retrouver leur lumière
나는 그 손이 빛을 되찾고

Je vois ses mains retrouver leur lumière et se soulever comme des fleurs après la pluie. Les flammes de ses doigts cherchent celles des cieux et l'amour qu'elles engendrent sous les feuilles, sous la terre, dans le bec des oiseaux, me rend à moi-même à ce que j'ai été.

Quel est ce portrait que je compose ? La vie dont je l'anime, n'est-ce pas ma mémoire reconquise, tous mes désirs anciens, mes rêves inconnus, toute une véritable force blanche que j'ignorais, que j'avais oubliée ?

Je croyais bien ne plus l'aimer et je me mêlais à la nuit. Elle était libre et pouvait errer. Mais voici que je la retrouve, voici que, de nouveau, je borne son horizon.

『지식 금지』

Défense de savoir, 1928

II

[II] *

최초의 빛이 왔을 때, 네 손은 이해했다
— 그것은 인광으로 빛나는 커튼이었다 —
그것은 사랑의 별빛 반짝이는 무언의 몸짓과
그 찬란한 밤을 이해했다,
어둠의 목구멍 속에서 침묵의 눈이
열리고 천 개의 불이 나타나는.

한없이 계속되기 위해 살아 있는
혹은 죽은, 나 없는 네 존재에 대한,
기억의 화신이여.

나는 내 몸의 바위 위에서 부서졌다
내가 목을 조른 아이와 함께
그리고 그 입술들은 차가워졌다
꿈속에서.
다른 이들은 퀭한 눈,
얼어붙은, 불순하고 썩은 눈을 갖고 있다
죽은 자들을 일상처럼 여기는
무심한 거울 속에서.

희망, 절망은 사라진다,
무너진 경계, 고통, 혼란은
경멸로 치장한다,
별들은 물속에 있고, 아름다움에 그늘이란 없으며,
모든 눈은 서로를 향하고 동등한 시선은
시간 밖에 놓인 경이로움을 나눠 갖고 있다.

II

[II]

Au premier éclat, tes mains ont compris
— Elles étaient un rideau de phosphore —
Elles ont compris la mimique étoilée
De l'amour et sa splendeur nocturne,
Gorge d'ombre où les yeux du silence
S'ouvrent et se donnent en mille feux.

Vivante à n'en plus finir
Ou morte, incarnation de la mémoire,
De ton existence sans moi.
Je me suis brisé sur les rochers de mon corps
Avec un enfant que j'étranglais
Et ses lèvres devenaient froides
En rêve.
D'autres ont les yeux cernés,
Gelés, impurs et pourrissants

Dans un miroir indifférent

Qui prend les morts pour habituels.

Les espoirs, les désespoirs sont effacés,

Les règnes abolis, les tourments, les tourmentes

Se coiffent de mépris,

Les astres sont dans l'eau, la beauté n'a plus d'ombres,

Tous les yeux se font face et des regards égaux

Partagent la merveille d'être en dehors du temps.

『사랑 시』

L'amour la poésie, 1929

처음으로*

I

큰 소리로
날렵한 사랑이 일어나며
그토록 빛나는 굉음들을 내었기에
그 다락방에선 두뇌가
모든 걸 발설할까 봐 두려워했네.

큰 소리로
피의 모든 까마귀가 기억을
다른 탄생들로 뒤덮었네
그러고는 빛 속에서 고꾸라졌네

입맞춤들로 녹슨 미래여.

부당한 것은 불가능하지 단 한 존재가 세상에 있으니
사랑은 얼굴을 바꾸지 않는 사랑을 선택한다.

                          II

        나체의 정점에서
        그녀의 눈은 빛의 회전.

        대체로 명료한
        반복되는 생각들이
        귀먹은 말을 없앤다.

        그녀는 모든 이미지를 지운다
        그녀는 눈부셔 사랑과 그 뒷걸음질하는 그림자를
못 보게 한다
        그녀는 사랑한다 ─ 그녀는 사랑한다 잊히는 것을.

                          IV

나는 네게 그것을 말했지 구름을 위해

나는 네게 그것을 말했지 바다의 나무를 위해
각각의 파도를 위해 나뭇잎 속에 숨은 새들을 위해
소리의 조약돌을 위해
익숙한 손을 위해
얼굴 또는 풍경이 되는 눈을 위해
그리고 잠은 그 눈에 제 빛깔을 닮은 하늘을 되돌려 주네
취한 밤 전체를 위해
도로의 철책을 위해
열린 창문을 위해 드러난 이마를 위해
나는 네게 그것을 말했지 네 생각을 위해 네 말을 위해
온갖 애무와 온갖 신뢰가 되살아나네.

VII

대지는 오렌지처럼 푸르다
결코 실수란 없다 단어들은 거짓말하지 않는다
그것들은 당신을 더는 노래하게 하지 않는다
함께 나눈 입맞춤 주위로
광인들과 사랑들
그녀 그녀의 언약하는 입술
모든 비밀 모든 미소
그리고 그녀가 완전한 알몸임을 믿게 하는
이 멋진 관용의 옷들이여.

말벌들이 초록빛 꽃을 피운다
새벽이 목 근처로 지나간다
창문들을 두른 목걸이
날개들이 풀잎들을 뒤덮는다
너는 태양의 온갖 기쁨을 지니고 있다
대지 위에 네 아름다움의 길 위에
모든 태양을 지니고 있다.

Premièrement

처음으로

I

A haute voix

L'amour agile se leva

Avec de si brillants éclats

Que dans son grenier le cerveau

Eut peur de tout avouer.

A haute voix

Tous les corbeaux du sang couvrirent

La mémoire d'autres naissances

Puis renversés dans la lumière

L'avenir roué de baisers.

Injustice impossible un seul être est au monde

L'amour choisit l'amour sans changer de visage.

II

Ses yeux sont des tours de lumière
Sous le front de sa nudité.

A fleur de transparence
Les retours de pensées
Annulent les mots qui sont sourds.

Elle efface toutes les images
Elle éblouit l'amour et ses ombres rétives
Elle aime —elle aime à s'oublier.

IV

Je te l'ai dit pour les nuages
Je te l'ai dit pour l'arbre de la mer
Pour chaque vague pour les oiseaux dans les feuilles
Pour les cailloux du bruit
Pour les mains familières
Pour l'œil qui devient visage ou paysage
Et le sommeil lui rend le ciel de sa couleur
Pour toute la nuit bue

Pour la grille des routes

Pour la fenêtre ouverte pour un front découvert

Je te l'ai dit pour tes pensées pour tes paroles

Toute caresse toute confiance se survivent.

VII

La terre est bleue comme une orange

Jamais une erreur les mots ne mentent pas

Ils ne vous donnent plus à chanter

Au tour des baisers de s'entendre

Les fous et les amours

Elle sa bouche d'alliance

Tous les secrets tous les sourires

Et quels vêtements d'indulgence

A la croire toute nue.

Les guêpes fleurissent vert

L'aube se passe autour du cou

Un collier de fenêtres

Des ailes couvrent les feuilles

Tu as toutes les joies solaires

Tout le soleil sur la terre

Sur les chemins de ta beauté.

제3부: 1930년대

아름답고 닮은 여자

하루가 저물 무렵 얼굴 하나
하루의 낙엽 속 요람 하나
발가벗은 비의 꽃다발 하나
숨겨진 태양 전부
물 밑바닥에 있는 샘물 중에서 샘물 전부
거울 중에서 깨진 거울 전부
침묵의 저울 속 얼굴 하나
하루의 마지막 빛들을 쏘기 위한
다른 조약돌 가운데 조약돌 하나
잊힌 모든 얼굴과 닮은 얼굴 하나.

Belle et ressemblante
아름답고 닮은 여자

Un visage à la fin du jour

Un berceau dans les feuilles mortes du jour

Un bouquet de pluie nue

Tout soleil caché

Toute source des sources au fond de l'eau

Tout miroir des miroirs brisé

Un visage dans les balances du silence

Un caillou parmi d'autres cailloux

Pour les frondes des dernières lueurs du jour

Un visage semblable à tous les visages oubliés.

까마득히
내 몸의 감각 속에서

모든 나무 모든 가지 모든 잎

토대를 이루는 풀 바위 그리고 수많은 집

멀리 네 눈이 미역을 감고 있는 바다

이런 나날의 이미지

그토록 불완전한 악덕 미덕

우연히 마주친 거리에 있는 행인들의 투명함과

네 집요한 추적에 의해 뿜어져 나오는 여자 행인들

순결한 입술을 무거운 마음으로 누르는 네 고정관념

그토록 불완전한 악덕 미덕

허락하는 시선과 네가 정복한 눈의 유사성

육체 피로 열정의 혼돈

단어 태도 생각의 모방

그토록 불완전한 악덕 미덕

사랑은 미완성된 인간이다.

À perte de vue

dans le sens de mon corps

까마득히
내 몸의 감각 속에서

Tous les arbres toutes leurs branches toutes leurs feuilles

L'herbe à la base les rochers et les maisons en masse

Au loin la mer que ton œil baigne

Ces images d'un jour après l'autre

Les vices les vertus tellement imparfaits

La transparence des passants dans les rues de hasard

Et les passantes exhalées par tes recherches obstinées

Tes idées fixes au cœur de plomb aux lèvres vierges

Les vices les vertus tellement imparfaits

La ressemblance des regards de permission avec les yeux
que tu conquis

La confusion des corps des lassitudes des ardeurs

L'imitation des mots des attitudes des idées

Les vices les vertus tellement imparfaits

L'amour c'est l'homme inachevé.

약간 일그러진 얼굴

슬픔이여 잘 가
슬픔이여 어서 와
너는 천장의 윤곽 속에 새겨져 있네
너는 내가 사랑하는 눈 속에 새겨져 있네
너는 완전히 비참하지는 않아
왜냐하면 가장 가엾은 입술이
미소로 네게 알리고 있으니까
슬픔이여 어서 와
온순한 육체들의 사랑
사랑의 힘이 지닌
다정함이 육체 없는 괴물처럼
솟아나네
낙담한 얼굴
슬픔이라는 아름다운 얼굴이여.

À peine défigurée
약간 일그러진 얼굴

Adieu tristesse

Bonjour tristesse

Tu es inscrite dans les lignes du plafond

Tu es inscrite dans les yeux que j'aime

Tu n'es pas tout à fait la misère

Car les lèvres les plus pauvres te dénoncent

Par un sourire

Bonjour tristesse

Amour des corps aimables

Puissance de l'amour

Dont l'amabilité surgit

Comme un monstre sans corps

Tête désappointée

Tristesse beau visage.

새로운 밤에

내가 함께 살았던 여자
내가 함께 사는 여자
내가 함께 살 여자
항상 똑같은 사람
너에겐 붉은 외투가 필요하지
붉은 장갑 붉은 가면과
검은 스타킹이
완전히 벌거벗은 네 몸을 보는
이유와 근거
순수한 나체 오 치장된 장식이여

젖가슴 오 내 심장이여

Par une nuit nouvelle

새로운 밤에

Femme avec laquelle j'ai vécu

Femme avec laquelle je vis

Femme avec laquelle je vivrai

Toujours la même

Il te faut un manteau rouge

Des gants rouges un masque rouge

Et des bas noirs

Des raisons des preuves

De te voir toute nue

Nudité pure ô parure parée

Seins ô mon cœur

또 만나요

내 앞의 이 손 폭풍우를 무너뜨리고
기어오르는 식물들을 확실히 펴고 꽃 피우는
그것은 네 손인가 그것은 하나의 신호인가
완연한 아침에 침묵이 우물 한가운데에 있는 늪지를 계속 짓
누르고 있을 때.

결코 당황하는 일 없고 결코 놀라는 법 없으며
나뭇잎 잎새마다 태양의 손바닥을 보이며 맹세하는 그것은
네 손인가
스쳐 간 번개의 그림자 없이
작은 소나기와 대홍수를 받아들이겠다고
태양을 증인 삼아 맹세하는
강렬한 태양 빛이 내리쬐는 추억 그것은 네 손인가.

주의하라 보물의 광장은 사라졌다
치장을 한 채 꼼짝하지 않는 밤의 새들은
신경을 파괴하는 불면의 밤만을 붙들고 있다
모든 것을 풀어놓는 황혼 녘에

그토록 무관심한 그것은 느슨히 열린 네 손인가.

모든 강물은 제 어린 시절의 매혹을 찾는다
모든 강물은 헤엄치며 되돌아온다
미친 자동차들은 그들의 바퀴로 광장의 중심을 장식한다
더는 회전하지 않는 광장 위에
바퀴를 달아 주는 그것은 네 손인가
애무하는 물에 무심한 네 손
나의 신뢰 나의 태평함에 무심한 네 손
결코 나를 너로부터 멀어질 수 없게 할 네 손인가.

Au revoir
또 만나요

Devant moi cette main qui défait les orages
Qui défrise et qui fait fleurir les plantes grimpantes
Avec sûreté est‑ce la tienne est‑ce un signal
Quand le silence pèse encore sur les mares au fond des
puits tout au fond du matin.

Jamais décontenancée jamais surprise est‑ce ta main
Qui jure sur chaque feuille la paume au soleil
Le prenant à témoin est‑ce ta main qui jure
De recevoir la moindre ondée et d'en accepter le déluge
Sans l'ombre d'un éclair passé
Est‑ce ta main ce souvenir foudroyant au soleil.

Prends garde la place du trésor est perdue
Les oiseaux de nuit sans mouvement dans leur parure
Ne fixent rien que l'insomnie aux nerfs assassins
Dénouée est‑ce ta main qui est ainsi indifférente
Au crépuscule qui laisse tout échapper.

Toutes les rivières trouvent des charmes à leur enfance

Toutes les rivières reviennent du bain

Les voitures affolées parent de leurs roues le sein des places

Est-ce ta main qui fait la roue

Sur les places qui ne tournent plus

Ta main dédaigneuse de l'eau des caresses

Ta main dédaigneuse de ma confiance de mon insouciance

Ta main qui ne saura jamais me détourner de toi.

고통

톱과 같은 문이 있었다
벽의 권력이 있었다
이유 없는 권태
주사위 놀음에 승자가 된 얼굴 쪽으로 고개를 돌린
관대한 마루
깨진 유리창이 있었다
바람의 비극적인 의자가 거기서 부서졌다
다채로운 빛깔
수렁의 끝
버려진 방 실패한 방
빈방 안에 흐르는
매일의 시간이 있었다.

Le mal
고통

Il y eut la porte comme une scie

Il y eut les puissances des murs

L'ennui sans sujet

Le plancher complaisant

Tourné vers la face gagnante refusée du dé

Il y eut les vitres brisées

Les chairs dramatiques du vent s'y déchiraient

Il y eut les couleurs multiformes

Les frontières des marécages

Le temps de tous les jours

Dans une chambre abandonnée une chambre en échec

Une chambre vide.

그러나 빛은 내게 주었지

그러나 빛은 내게 우리의 만남이 새긴 음화(陰畫)의 아름다운 이미지를 주었지. 나는 여러 존재 중에서 너를 알아보았어, 내가 그들의 이름을 부르고 싶었을 때, 그중 다른 한 존재만이 그 이름을 증명했지, 그것은 항상 같은 이름, 네 이름이었어, 나는 존재들을 변화시켰지, 충만한 빛 속에서 내가 너를 변모시켰듯이, 누군가가 유리컵 안에 담아 샘물을 변모시키듯이, 누군가가 타인 손을 잡아 제 손을 변모시키듯이. 우리 뒤에 드리운 고통스러운 스크린이었던 눈(雪)조차도, 그 위에서 수정 같은 맹세가 녹아내렸던 눈조차도 감춰졌네. 지상의 동굴 속에서, 화석이 된 식물들이 출구의 목선을 찾고 있었지.

눈부신 혼돈을 향해 완전히 부풀어 오른 심해의 어둠이여, 나는 네 이름이 환상으로 변하는 것을 알아채지 못했네, 내 입술 위에서만 맴돌았을 뿐이고, 점점, 유혹의 얼굴이 현실로, 전체로, 유일하게 나타났었지.

그래서 나는 네 곁으로 돌아왔어.

La lumière m'a pourtant donné
그러나 빛은 내게 주었지

La lumière m'a pourtant donné de belles images des négatifs de nos rencontres. Je t'ai identifiée à des êtres dont seule la variété justifiait le nom, toujours le même, le tien, dont je voulais les nommer, des êtres que je transformais comme je te transformais, en pleine lumière, comme on transforme l'eau d'une source en la prenant dans un verre, comme on transforme sa main en la mettant dans une autre. La neige même, qui fut derrière nous l'écran douloureux sur lequel les cristaux des serments fondaient, la neige même était masquée. Dans les cavernes terrestres, des plantes cristallisées cherchaient les décolletés de la sortie.

Ténèbres abyssales toutes tendues vers une confusion éblouissante, je ne m'apercevais pas que ton nom devenait illusoire, qu'il n'était plus que sur ma bouche et que, peu à peu, le visage des tentations apparaissait réel, entier, seul.

C'est alors que je me retournais vers toi.

뉘슈*

뚜렷한 감정
가볍게 다가가기
쓰다듬는 머리털.

근심 없이 의심 없이
네 눈은 보는 것에 맡겨지고
보는 것에 의해 보이네.

두 개의 거울 사이
수정(水晶)의 신뢰
밤마다 네 눈은 사라져
욕망에 눈을 뜨네.

Nusch
뉘슈

Les sentiments apparents

La légèreté d'approche

La chevelure des caresses.

Sans soucis sans soupçons

Tes yeux sont livrés à ce qu'ils voient

Vus par ce qu'ils regardent.

Confiance de cristal

Entre deux miroirs

La nuit tes yeux se perdent

Pour joindre l'éveil au désir.

『대중의 장미』

La rose publique, 1934

우리 서로 멀리 있을 때라도

우리 서로 멀리 있을 때라도
모든 것은 우리를 이어 준다

메아리의 몫을 마련하라
거울의 몫
방의 몫 도시의 몫
남자의 몫 여자의 몫
고독의 몫도
그리고 그것은 항상 네 몫이다

그리고 그것은 항상 내 몫이다
우리는 나누어 가졌다
그러나 네 몫 너는 그것을 내게 바쳤고
내 몫 나는 그것을 네게 바친다.

Même quand nous sommes loin l'un de l'autre
우리 서로 멀리 있을 때라도

Même quand nous sommes loin l'un de l'autre

Tout nous unit

Fais la part de l'écho

Celle du miroir

Celle de la chambre celle de la ville

Celle de chaque homme de chaque femme

Celle de la solitude

Et c'est toujours ta part

Et c'est toujours la mienne

Nous avons partagé

Mais ta part tu me l'as vouée

Et la mienne je te la voue.

그녀의 갈망은 나만큼이나 크다

베푸는 여자 움직이는 세계
불같은 쾌락으로 눈가가 거무스레한 여자
그림자 안에서 너는 유령보다 더 잘 나아가지
기울어진 머리

내 심장은 네 온몸 안에서 뛴다
네가 좋아하는 은둔 속에서
밤의 흰 풀 위에서
익사한 나무 아래서도

우리는 시간을 전복시키려고
삶을 살아간다
우리는 시간을 만든다

그리고 늘 그렇듯이 단번에
우리에게 찾아온
녹음과 새들이
네 시선 위에 숨결을 불어넣는다

네 눈꺼풀 위로 내려앉는다

움직임을 조심하라
네 사지에 두른 꽃다발은
세련되지 않은 축제를 위한 것이니
사람들이 우리를 움직이지 않는다고 생각하도록
보이는 동작 하나도 삼갈 것
그토록 우리는 은밀하지

네 무게만큼만 새벽에
지평선에 주어라 균형 잡힌 신경을
네 미친 머리털 위에서
맑은 공기의 화관으로 장식한 분화구를
태양의 입술 사이에 머금은 수천의 물거품을
아니면 네 피의 날갯짓을

네 힘과 네 온기를 주어라
네 손바닥과 네 입술의
무겁고 난폭하고 쓰디쓴 여름을
네 맑은 피로를 주어라

네 상냥함과 네 신뢰를 주어라
네 눈의 벌판 속에
때로는 사방에서 부는 바람에 나비처럼 날개를 여는

매력적인 성 한 채가 있고
때로는 끔찍한 누옥이 있으며
우리를 갈라놓도록 운명 지어진
최후의 키스가 있고
때로는 포도주가 때로는 벌 떼처럼 에워싸는
강물이 있다

그곳으로 오라 순종적인 사람이여 잊어버리러 오라
모든 것이 다시 시작할 수 있도록.

Son avidité n'a d'égal que moi
그녀의 갈망은 나만큼이나 크다

Donneuse monde en mouvement

Cernée de plaisir comme un feu

Dans l'ombre tu te diriges mieux qu'une ombre

Tête accordée

Mon cœur bat dans tout ton corps

Dans tes retraites préférées

Sur l'herbe blanche de la nuit

Sous les arbres noyés

Nous passons notre vie

A renverser les heures

Nous inventons le temps

Et d'un seul coup comme toujours

Des verdures et des oiseaux

Où sommes-nous

Soufflent sur tes regards

Se posent sur tes paupières

Garde-toi de bouger
Les guirlandes de tes membres
Sont pour des fêtes moins subtiles
Pas un geste apparent
On nous croit immobiles
Tant nous sommes secrets

Donne ton juste poids à l'aube
A l'horizon le nerf de la balance
Le cratère d'une couronne d'air pur
Sur ta chevelure folle
Mille bouffées d'écume entre les lèvres du soleil
Ou l'aile battante de ton sang

Donne ta force ta chaleur
L'été massif brutal amer
De tes paumes et de ta bouche
Donne ta fatigue limpide

Donne ta douceur ta confiance
Dans l'étendue de tes yeux
Il y a tantôt un château charmant

Ouvert comme un papillon à tous les vents

Tantôt une masure terrible

Une dernière caresse

Destinée à nous séparer

Tantôt le vin tantôt une rivière

Close comme un essaim d'abeilles

Viens là docile viens oublier

Pour que tout recommence.

『쉬운』
Facile, 1935

네가 일어서자

네가 일어서자 물은 펼쳐지고
네가 눕자 물은 활짝 피어나네

너는 심연에서 빠져나온 물이다
너는 뿌리내린 대지다
그 위에서 모든 것은 자리를 잡는다

너는 소음의 사막에서 침묵의 거품을 만든다
너는 무지개의 현 위에서 밤의 찬가를 노래한다
너는 어디에나 있고 너는 모든 길을 없앤다

너는 자연을 뒤덮으면서 다시 생산하는
정확한 불꽃의 영원한 젊음 속에
시간을 바친다

여인이여 너는 항상 네 몸과
똑같은 몸을 낳는다

너는 닮음이다.

Tu te lèves
네가 일어서자

Tu te lèves l'eau se déplie
Tu te couches l'eau s'épanouit

Tu es l'eau détournée de ses abîmes
Tu es la terre qui prend racine
Et sur laquelle tout s'établit

Tu fais des bulles de silence dans le désert des bruits
Tu chantes des hymnes nocturnes sur les cordes de
l'arc-en-ciel
Tu es partout tu abolis toutes les routes

Tu sacrifies le temps
A l'éternelle jeunesse de la flamme exacte
Qui voile la nature en la reproduisant

Femme tu mets au monde un corps toujours pareil
Le tien

Tu es la ressemblance.

쉬운 건 좋아

쉬운 건 네 눈꺼풀 아래에서 아름다워
춤과 다음 춤을 이어 주는
쾌락의 모임처럼

나는 열병에 대해 말했지

네가 희미하게 빛난다는 것을 알려 주는
불꽃이 뿜어내는 최상의 근거

수천의 유익한 태도
수천의 부서지는 포옹이
반복되어 사라져 가면서
너는 어두워진다 너는 드러난다
가면 너는 그것을 길들이고
그것은 너와 생생하게 닮았지
그리고 너는 오직 알몸일 때에만 더 좋아 보였어

번개로 전율하는 하늘처럼

그림자 속에서 벌거벗은 그리고 눈부시게 벌거벗은
너는 타인들에게 헌신하기 위해
네 자신에 헌신하는구나.

Facile est bien
쉬운 건 좋아

Facile est beau sous tes paupières

Comme l'assemblée du plaisir

Danse et la suite

J'ai dit la fièvre

Le meilleur argument du feu

Que tu sois pâle et lumineuse

Mille attitudes profitables

Mille étreintes défaites

Répétées vont s'effaçant

Tu t'obscurcis tu te dévoiles

Un masque tu l'apprivoises

Il te ressemble vivement

Et tu n'en parais que mieux nue

Nue dans l'ombre et nue éblouie

Comme un ciel frissonnant d'éclairs
Tu te livres à toi-même
Pour te livrer aux autres.

『비옥한 눈』

Les yeux fertiles, 1936

나를 더 잘 알 수는 없으리라

네가 나를 아는 것보다
나를 더 잘 알 수는 없으리라

우리 둘이
잠들어 있는 네 두 눈은
내 인간적인 빛들에
세상의 밤보다 더 찬란한 운명을 만들어 주었지

내가 여행하는 네 두 눈은
길의 몸짓에

세상을 초월한 의미를 알려 주었네

네 두 눈 속에서 우리에게
우리의 무한한 고독을 보여 준 사람들은
더는 그들의 생각과 같지 않네

내가 너를 아는 것보다
너를 더 잘 알 수는 없으리라.

On ne peut me connaître

나를 더 잘 알 수는 없으리라

On ne peut me connaître

Mieux que tu me connais

Tes yeux dans lesquels nous dormons

Tous les deux

Ont fait à mes lumières d'homme

Un sort meilleur qu'aux nuits du monde

Tes yeux dans lesquels je voyage

Ont donné aux gestes des routes

Un sens détaché de la terre

Dans tes yeux ceux qui nous révèlent

Notre solitude infinie

Ne sont plus ce qu'ils croyaient être

On ne peut te connaître

Mieux que je te connais.

지속하다

지평선에서 지평선으로
온 대지 위로 몰아치는
단 한 번의 돌풍
수많은 낙엽과
먼지를 휩쓸어 가려고
모든 나무를 헐벗게 하려고
농작물들을 황폐하게 하려고
새들을 떨어뜨리려고
파도를 흩어지게 하려고
연기를 없애려고
가장 뜨거운 태양의
균형을 깨뜨리려고
달아나는 나약한 무리
무게 없는 세계
나를 무시하는 낡은 세계
공포에 휩싸인 그림자
나는 다른 사람들의 팔 안에서만 더욱 자유로우리라.

Durer
지속하다

Une rafale une seule

D'horizon à horizon

Et ainsi sur toute la terre

Pour balayer la poussière

Les myriades de feuilles mortes

Pour dépouiller tous les arbres

Pour dévaster les cultures

Pour abattre les oiseaux

Pour éparpiller les vagues

Pour détruire les fumées

Pour rompre l'équilibre

Du soleil le plus chaud

Fuyante masse faiblesse

Monde qui ne pèse rien

Monde ancien qui m'ignore

Ombre affolée

Je ne serai plus libre que dans d'autres bras.

르네 마그리트[*]

눈의 층계
형태의 창살을 가로지르는
영원한 계단
존재하지 않는 휴식
층계 중 하나는 구름에 가려졌네
다른 것은 커다란 칼에
또 다른 것은 양탄자처럼
펼쳐지는 나무에
미동도 없이

모든 계단이 가려졌네

사람들은 초록빛 나뭇잎을 심었지
아침의 가벼운 우윳빛 속에서
숲속 공터에까지
무거운 비탈이 눕자
드넓은 밭 뽑혀 나온 숲
모래가 빛을 마시고 있다

거울의 실루엣
그것의 창백하고 차가운 어깨
그것의 장식적인 미소

나무는 상처 없는 과일의 빛깔로 물드네.

René Magritte

르네 마그리트

Marches de l'œil

A travers les barreaux des formes

Un escalier perpétuel

Le repos qui n'existe pas

Une des marches est cachée par un nuage

Une autre par un grand couteau

Une autre par un arbre qui se déroule

Comme un tapis

Sans gestes

Toutes les marches sont cachées

On a semé les feuilles vertes

Champs immenses forêts déduites

Au coucher des rampes de plomb

Au niveau des clairières

Dans le lait léger du matin

Le sable abreuve de rayons

Les silhouettes des miroirs

Leurs épaules pâles et froides

Leurs sourires décoratifs

L'arbre est teinté de fruits invulnérables.

『자유로운 손』*

Les mains libres, 1937

실과 바늘

육체 없는 열정을
끝없이 태어나게 하기
시각의 죽음을 애도하는
별똥별들을 태어나게 하기.

Fil et aiguille

실과 바늘

Sans fin donner naissance

A des passions sans corps

A des étoiles mortes

Qui endeuillent la vue.

깨진 거울

바람이 빗장에 걸려 있다
수직으로 솟은 지평선은
네 서투른 손 안에 하늘을 뿌려 놓는다.

La glace cassée

깨진 거울

Le vent est à la barre

L'horizon vertical

Verse la ciel dans ta main maladroite.

모험

주의하라 그것은 둑이 무너지는 순간이다
탄생을 통해 새벽과 겨루고자
시간의 행렬에서 벗어나는 순간이다

번개처럼
들판을 내리쳐라

이유 없는 얼굴 위로
네 손을 뿌려라
네 이미지가 아닌 것을 인식하라
너를 의심하라
너를 태운 불이 싹틔우는
네 심장의 대지를 인식하라

네 눈이 꽃피우길
빛을.

L'aventure
모험

Prends garde c'est l'instant où se rompent les digues

C'est l'instant échappé aux processions du temps

Où l'on joue une aurore contre une naissance

Bats la campagne

Comme un éclair

Répands tes mains

Sur un visage sans raison

Connais ce qui n'est pas à ton image

Doute de toi

Connais la terre de ton cœur

Que germe le feu qui te brûle

Que fleurisse ton œil

Lumière.

고뇌와 불안

정화하다 희박하게 하다 고갈시키다 부수다
파종하다 번식시키다 양육하다 부수다.

L'angoisse et l'inquiétude
고뇌와 불안

Purifier raréfier stériliser détruire
Semer multiplier alimenter détruire.

나르시스

송진으로 된 마스크는
자기 자신일 뿐
길 잃은 인도자.

Narcisse

나르시스

Masque de poix

N'être que soi

Guide égaré.

자유로운 손

이 폭우는 짚불
더위가 꺼뜨리리라.

Les mains libres
자유로운 손

Cette averse est un feu de paille
La chaleur va l'étouffer.

나무-장미

그 해는 풍요롭다 대지는 부풀어 오른다
하늘은 벌판에 넘쳐흐른다
배(腹)처럼 구부러진 풀 위로
이슬이 꽃피우려 애태우고 있다.

L'arbre-rose

나무-장미

L'année est bonne la terre enfle

Le ciel déborde dans les champs

Sur l'herbe courbe comme un ventre

La rosée brûle de fleurir.

혼자 하는 놀이

나 너 없이 살걸 그랬어
혼자 살걸

누가 말하는가
누가 혼자서 살 수 있나
너 없이
누가

모든 것에도 불구하고 존재하기
자기 자신에도 불구하고 존재하기

밤이 깊어진다

수정 구슬처럼
나는 밤과 섞인다.

Solitaire
혼자 하는 놀이

J'aurais pu vivre sans toi

Vivre seul

Qui parle

Qui peut vivre seul

Sans toi

Qui

Être en dépit de tout

Être en dépit de soi

La nuit est avancée

Comme un bloc de cristal

Je me mêle à la nuit.

여자와 그녀의 물고기

처녀와 그녀의 귀뚜라미 샹들리에와 그것의 거품
입술과 그것의 빛깔 목소리와 그것의 왕관.

La femme et son poisson
여자와 그녀의 물고기

La vierge et son grillon le lustre et son écume

La bouche et sa couleur la voix et sa couronne.

모퉁이

나는 소망한다
내게 금지된 것을.

Le tournant

모퉁이

J'espère

Ce qui m'est interdit.

아름다운 손

내 과거 안에서 신음하는 이 태양은
내 손과 네 두 손의
문턱을 넘지 않았다 시골
그곳에선 산책 도중의 풀과 꽃
눈이 매시간
항상 다시 태어났다
사람들은 낙원과 폭풍우를 약속했고
우리의 이미지는 우리의 꿈을 간직했다

오랜 젊음을 견디는 이 태양은
늙지 않는다 그는 자비심이 없다
그는 무덤처럼 깊은 창공을 가린다
그러니 내가 만들어야지
언어를 가지고
열정적으로.

Belle main
아름다운 손

Ce soleil qui gémit dans mon passé

N'a pas franchi le seuil

De ma main de tes mains campagne

Où renaissaient toujours

L'herbe les fleurs des promenades

Les yeux toutes leurs heures

On s'est promis des paradis et des tempêtes

Notre image a gardé nos songes

Ce soleil qui supporte la jeunesse ancienne

Ne vieillit pas il est intolérable

Il me masque l'azur profond comme un tombeau

Qu'il me faut inventer

Passionnément

Avec des mots.

새-나무

바람은 너를 두렵게 하지 않는다
소멸의 순간 어찌할 수 없는 추락의
은밀한 움직임을 간직하라
밝은 첫날의 네 첫 번째 깃털도

힘찬 씨앗의 비상
땅에 머리를 박은 말 없는 나무의 비상을 수확하고
풀잎들이 불어 대는 소리를 들으며
너 또한 작은 목소리로 웃으리라.

Plante-aux-oiseaux
새-나무

Le vent ne te fait pas peur

Garde le mouvement secret

De la chute impérieuse au moment du déclin

Et ta première plume du premier jour clair

Toi-même voix menue tu rirais de t'entendre

Siffler les brins d'herbe cueillir

L'élan de la graine de force

L'élan de l'arbre muet qui tient tête à la terre.

해변

모두는 서로에게 부드러운 알몸을 빚지고 있었네
하늘과 물로부터 공기와 모래로부터
모두는 그들의 겉모습을 잊어버렸고
그들 자신만을 보기로 약속했네.

La plage
해변

Tous devaient l'un à l'autre une nudité tendre

De ciel et d'eau d'air et de sable

Tous oubliaient leur apparence

Et qu'ils s'étaient promis de ne rien voir qu'eux-mêmes.

연필이 만들어지는 곳

빛을 붙잡기 위해
바구니를 엮을
제비 마지막 여인
이 텅 빈 눈을
그릴 마지막 여인

마을의 손바닥 안으로
저녁이 짐승 같은 잠의
씨앗을 먹으러 온다

생각이여 잘 자거라

하여 나는 침묵을 부른다
가장 작은 이름으로.

Où se fabriquent les crayons
연필이 만들어지는 곳

La dernière l'hirondelle

A tresser une corbeille

Pour retenir la lumière

La dernière à dessiner

Cet œil déserté

Dans la paume du village

Le soir vient manger les graines

Du sommeil animal

Bonne nuit à la pensée

Et j'appelle le silence

Par son plus petit nom.

『자연스러운 흐름』

Cours naturel, 1938

나이를 모르는

숲속으로
우리는 갑니다
아침의 길을 택하세요
안개의 계단을 오르세요

우리가 다가가면
대지는 가슴을 조이고

또 하루가 탄생합니다.

*

하늘이 넓어질 거예요
잠의 폐허 안에서
피로의 단념의
휴식의 낮은 그림자 안에서 살기에
우리는 이제 지쳐 버렸지요

대지는 우리의 살아 있는 육체의 형체를 되찾을 거예요
바람은 우리를 견뎌 낼 거고
태양과 밤은 우리의 눈을 변화시키지 않은 채
그 속으로 지나갈 거예요

우리의 확실한 공간인 순수한 대기는
습관이 구멍 낸 지체된 시간을 메워 줄 수 있어요
우리는 모두 새로운 기억을 만들어 갈 거고
우리는 섬세한 언어로 함께 얘기 나눌 거예요.

*

타고난 밤과 그 공포를
눈망울 속에 간직한 오 내 반대편의 형제들이여
나는 그곳에 그대들을 두고 왔어요
그대들의 지난 행동으로 인해
무력한 기름이 묻은 그대들의 무거운 손과 함께
죽음이 당연하다는 절망과 함께

오 잃어버린 내 형제들이여
나는 삶을 향해 나아갑니다 나는 인간의 모습을 갖고 있지요
세상이 내 크기에 맞춰 만들어졌음을 증명하기 위해

그리고 나는 혼자가 아닙니다
수많은 나의 이미지가 나의 빛을 늘려 갑니다
수많은 똑같은 시선이 공평하게 살을 나눕니다
우리와 섞이는 것
그것은 새 그것은 아이 그것은 바위 그것은 들판입니다
황금은 심연 밖으로 나온 자신의 모습을 보며 폭소를 터뜨
립니다
물과 불은 단 하나의 계절을 위해 벌거벗고
세상의 이마에 이제 일식이란 없습니다.

                                    *

서로를 알아보는 우리 손과 손을 맞잡고
입술에 우리의 입술을 마주 대고
피의 신선함과 결합한
꽃핀 첫 번째 온기
프리즘은 우리와 호흡합니다
넘치는 새벽이여
여왕 풀잎의 정상에서
이끼들의 정상에서 흰 눈과
뒤집힌 파도와 모래의 정점에서

지속하는 유년 시절의 정점에서
모든 동굴의 밖에서
우리 자신의 밖에서.

Sans âge
나이를 모르는

Nous approchons

Dans les forêts

Prenez la rue du matin

Montez les marches de la brume

Nous approchons

La terre en a le cœur crispe

Encore un jour à mettre au monde.

*

Le ciel s'élargira

Nous en avions assez

D'habiter dans les ruines du sommeil

Dans l'ombre basse du repos

De la fatigue de l'abandon

La terre reprendra la forme de nos corps vivants

Le vent nous subira

Le soleil et la nuit passeront dans nos yeux

Sans jamais les changer

Notre espace certain notre air pur est de taille

A combler le retard creusé par l'habitude

Nous aborderons tous une mémoire nouvelle

Nous parlerons ensemble un langage sensible.

*

Ô mes frères contraires gardant dans vos prunelles

La nuit infuse et son horreur

Où vous ai-je laissés

Avec vos lourdes mains dans l'huile paresseuse

De vos actes anciens

Avec si peu d'espoir que la mort a raison

Ô mes frères perdus

Moi je vais vers la vie j'ai l'apparence d'homme

Pour prouver que le monde est fait à ma mesure

Et je ne suis pas seul

Mille images de moi multiplient ma lumière

Mille regards pareils égalisent la chair

C'est l'oiseau c'est l'enfant c'est le roc c'est la plaine

Qui se mêlent à nous

L'or éclate de rire de se voir hors du gouffre

L'eau le feu se dénudent pour une seule saison

Il n'y a plus d'éclipse au front de l'univers.

*

Mains par nos mains reconnues

Lèvres à nos lèvres confondues

Les premières chaleurs florales

Alliées à la fraîcheur du sang

Le prisme respire avec nous

Aube abondante

Au sommet de chaque herbe reine

Au sommet des mousses à la pointe des neiges

Des vagues des sables bouleversés

Des enfances persistantes

Hors de toutes les cavernes

Hors de nous-mêmes.

모든 여자를 위한 한 여자

가장 잘 알려진 사랑받는 여자 우리는 그녀를 가끔씩 볼 수 있다
그러나 다음 여자가 헛된 치마 안에서 솟아 나온다
몸 전체를 취하고 마음 전체를 내려놓기 위해

첫 번째 유일한 여자는 갇혀 있다
어두운 빛 한가운데 있는 벼락을 동반한 가짜 태양처럼
신선한 풀숲에 흐르는 끈질긴 시냇물처럼

가장 아름다운 여자 시각이 무용해지는 꿈
베일도 없고 비밀도 없지만 내밀한 이유를 지닌
쉽게 얻은 내 삶의 온갖 힘

그러나 다음 여자들 그러나 그녀들의 수많은 이미지는
귀엽게 단장하고선 도로를 불태운다
그들의 자유로운 가슴이 거리를 영원함과 뒤섞고

그들의 매력이 유일한 사랑의 가능성을 증명하면서.

Une pour toutes

모든 여자를 위한 한 여자

La mieux connue l'aimée on la voit à peine

Mais sa suite surgit dans des robes ingrates

Pour prendre tout au corps et laisser tout au cœur

La première la seule elle est enfermée

Comme au fond du jour noir un faux soleil de foudres

Comme dans l'herbe fraîche un ruisseau persistant

La plus belle le rêve où la vue est vaine

Sans voiles sans secret mais l'intime raison

Toutes les forces de ma vie sans un effort

Mais ses suivantes mais ses images en foule

Se coiffent gentiment et brûlent les pavés

Leurs seins libres mêlant la rue à l'éternel

Leurs charmes justifiant le seul amour possible.

한 여자를 위한 모든 여자

그녀는 내게 말하지 시간이 흐르면
그녀를 알게 된다고 우리를 알게 된다고

손잡고 나를 이끌어 줘
나랑은 다른 여자들에게로
유사성의 현실을 지닌
존재의 확신을 지닌
더 평범한 탄생 쪽으로

나는 항상 두 번째
혹은 마지막 여자 아니었나 나는
이 추한 아이보다는 덜한 텅 빈 눈을 갖고 있는가
내 심장은 더 볼 수 없는가
내 손은 덜 수줍은가

삶 쪽으로 나를 이끌어 줘
내 안에 있는 두려움만 빼고
나의 잿가루만 빼고 모든 것을 나누는

나를 나 자신과 갈라놓는
낮은 철책 너머로.

Toutes pour une
한 여자를 위한 모든 여자

Elle me dit quand le temps est passé

De la connaître de nous connaître

Mène-moi par la main

Vers d'autres femmes que moi

Vers des naissances plus banales

Au vif de la ressemblance

A la certitude d'être

Ne suis-je pas toujours seconde

Ou la dernière ai-je les yeux

Moins absents que cette enfant laide

Mon cœur est-il plus invisible

Mes mains sont-elles moins timides

Mène-moi vers la vie

Au-delà de la grille basse

Qui me sépare de moi-même

Qui divise tout sauf mes cendres

Sauf la terreur que j'ai de moi.

나는 어떻게 되었던가?

시간이 늦었어 하늘이 방을 떠나고 있어
오늘 저녁 나는 나의 염소들을 팔아야 해
나는 섬세한 빛의
무리를 따라 걸어가고 있지
나를 인도하던 나무들이
문을 닫았어
그들은 더할 나위 없이 믿음직스럽지

오늘 저녁 나는 특별한 밤을 만들 거야
태양처럼 형체가 없는
나의 밤을
여자 농부들의 손 아래에서 빚어진 둥근 언덕 안에 담긴 모든 밤
나 자신을 잊는 완벽한 모든 밤을

정지한 무희와 그녀 다리의 무게
만일 내가 그녀에게 입맞춤하러 간다면
그녀의 경박한 공범자들이 그녀 주위를 서성이겠지

그녀들은 샹들리에의 줄을 타고 높은 곳에서 어른거리겠지
나는 바닥과 지붕을 검은색으로 표시할 거야
검은색으로 그리고 휴식과 부재와 행복으로
손바닥과 눈꺼풀 사이 쾌락의 무리는
잠에 이르는 길 전부를 차지하고 있네

오늘 저녁 나는 눈(雪) 속에서 불을 피울 거야.

Où en étais-je ?
나는 어떻게 되었던가?

Il se fait tard le ciel quitte la chambre

Ce soir je vais vendre mes chèvres

Je marche derrière un troupeau

De clartés délicates

Les arbres qui me guident

Se ferment

Ils n'en sont que plus sûrs

Ce soir je vais construire une nuit d'exception

La mienne

Informe comme le soleil

Toute en collines rondes sous des mains paysannes

Toute en perfection en oubli de moi-même

La danseuse immobile et le poids de ses jambes

Si j'allais l'embrasser

Ses complices frivoles tournent autour d'elle

Elles ondulent haut dans les lignes du lustre

Je marquerai de noir le plancher et le toit

De noir et de repos d'absence de bonheur

Entre paume et paupière la foule du plaisir

Jusque dans le sommeil tient toute entière

Ce soir je ferai du feu dans la neige.

그려진 말(言)

파블로 피카소에게.

모든 것을 이해하기 위해
뱃머리의 시선을 지닌 나무
도마뱀들과 칡들에게 숭배되는 나무
조차도
불조차도 맹인조차도

한데 모으기 위해 날개와 이슬을
심장과 구름을 낮과 밤을
창문과 곳곳에 있는 나라를

무너뜨리기 위해
내일이면 황금 위를 구르게 될
부재의 찡그림을

잘라 내기 위해
자급자족하는 거인들의

잔재주를

모든 눈을 통해
비치는 모든 눈을 보기 위해

그들이 보는 것만큼이나
아름다운 모든 눈을 보기 위해
마음을 빨아들이는 바다여

사람들이 가볍게 웃어넘기게 만들기 위해
더웠던 것에 대하여 추웠던 것에 대하여
배고팠던 것에 대하여 목말랐던 것에 대하여

말하는 것이
껴안는 것만큼
너그럽기 위해

헤엄치는 여자와 강물을
크리스털과 격렬하게 춤추는 여자를
새벽과 젖가슴의 계절을
욕망과 어린아이의 지혜를 뒤섞기 위해

생각 많고 고독한
여자에게

그녀가 꿈꾸었던
애무의 형태를 주기 위해

사막이 그림자 속으로 사라지기 위해
내
그림자
속에 머무는 대신

내
재산을
주다
내
권리를
주다.

Paroles peintes

그려진 말(言)

À Pablo Picasso.

Pour tout comprendre

Même

L'arbre au regard de proue

L'arbre adoré des lézards et des lianes

Même le feu même l'aveugle

Pour réunir aile et rosée

Cœur et nuage jour et nuit

Fenêtre et pays de partout

Pour abolir

La grimace du zéro

Qui demain roulera sur l'or

Pour trancher

Les petites manières

Des géants nourris d'eux-mêmes

Pour voir tous les yeux réfléchis
Par tous les yeux

Pour voir tous les yeux aussi beaux
Que ce qu'ils voient
Mer absorbante

Pour que l'on rie légèrement
D'avoir eu chaud d'avoir eu froid
D'avoir eu faim d'avoir eu soif

Pour que parler
Soit aussi généreux
Qu'embrasser

Pour mêler baigneuse et rivière
Cristal et danseuse d'orage
Aurore et la saison des seins
Désirs et sagesse d'enfance

Pour donner à la femme
Méditative et seule

La forme des caresses

Qu'elle a rêvées

Pour que les déserts soient dans l'ombre

Au lieu d'être dans

Mon

Ombre

Donner

Mon

Bien

Donner

Mon

Droit.

『완전한 노래』

Chanson complète, 1939

겨우 내쉰 한 자락의 숨결

미래의 우리여
잠시만 과거를 생각해 보자
미덕은 불행을 염두에 두니까
나의 과거 나의 현재
우리는 이제 그것들을 두려워하지 않는다

우리는 사랑을 이야기했지 그런데 그것은
어린 시절의 탑들과 해변가에 있는 삶이었네
그것은 공기의 가벼운 피였네
그리고 고백에 고백을 거듭하자 우리는 타인이 되어 갔지

쾌락이 쾌락을 만들기
우리는 불을 발명했지
결단코 불 하나만을

내가 혼잣말했을 때
나는 사랑을 말했고 그건 삶이었지
나는 말했지 나는 또 들었지 내 동료의 말을
그의 심장에 있는 천 개의 날들이 내 살을 베어 냈지
나는 말했지
나는 태양의 그림자를 보고 싶지 않아

내 고통을 돌려줘 내 근심을 돌려줘
나는 보고 싶지 않아
네 이마의 물 위로
우리 결합의 텅 빈 물 위로 내리는 비의 무거운 짐을.

À peine une part de souffle
겨우 내쉰 한 자락의 숨결

Nous de l'avenir

Pour un petit moment pensons au passé

Vertu pense au malheur

Mon passé mon présent

Nous n'en avons plus peur

Nous disions amour et c'était la vie

Parmi les tours et sur les plages de l'enfance

C'était un sang léger aérien

Et d'aveux en aveux nous devenions les autres

Plaisir faire plaisir

Nous inventions le feu

Jamais rien que le feu

Quand je parlais seul

Je disais amour et c'était la vie

Je parlais j'écoutais encore mon semblable

Les mille rames de son cœur fendaient ma chair

Je parlais

Je ne veux pas voir cette ombre au soleil

Donne-moi ma peine rends-moi mon souci

Je ne veux pas voir

Ce fardeau de pluie sur l'eau de ton front

Sur l'eau sans fond de notre union.

『매개하는 여성들』

Médieuses, 1939

나는 혼자가 아니다

입술에 가벼운 과일을
머금은
수천의 갖가지 꽃으로
장식한
태양의 팔 안에서
영광스러운
익숙한 새 한 마리에
행복한
빗방울 하나로
기쁜

아침 하늘보다
더 아름다운
변함없는 여자

나는 정원에 대해 말하고 있다
나는 꿈꾸고 있다

아니 실은 나 사랑하고 있다.

Je ne suis pas seul

나는 혼자가 아니다

Chargée

De fruits légers aux lèvres

Parée

De mille fleurs variées

Glorieuse

Dans les bras du soleil

Heureuse

D'un oiseau familier

Ravie

D'une goutte de pluie

Plus belle

Que le ciel du matin

Fidèle

Je parle d'un jardin

Je rêve

Mais j'aime justement.

매개하는 여성들*

VI

너는 어디에 있니 나를 보고 있니 내 말을 듣고 있니
나를 알아보겠니
가장 아름다운 나 가장 외로운 나
나는 바이올린처럼 강물의 물결을 붙들고
나날을 흘러가게 한다
배를 구름을 흘러가게 한다
내 곁에선 권태도 죽는다
나는 내 목구멍으로 올라오는 웃음소리와 함께
내 보물과 어린 시절의 모든 메아리를 붙잡는다

내 풍경은 아주 커다란 행복

내 얼굴은 투명한 세계

다른 곳에서 사람들은 검은 눈물을 흘리며 운다

그들은 이 동굴에서 저 동굴로 옮겨 다닌다

여기에선 아무도 길 잃을 염려 없고

내 얼굴은 깨끗한 물속에 있네 나는 그 얼굴이

단 하나의 나무를 노래하는 것을 보네

조약돌을 부드럽게 만드는 것을 보네

지평선을 비추는 것을 보네

나는 나무에 기대어 본다

조약돌 위에

물 위에 누워 본다 나는 태양에게 비에게

그리고 신중한 바람에게 박수를 보낸다

너는 어디에 있니 나를 보고 있니 내 말을 듣고 있니
나는 커튼 뒤에 있는
드리워진 첫 번째 커튼 뒤에 있는 피조물이다
누가 뭐라 하든 녹음과
보잘것없는 식물들의 여주인
물의 여주인 공기의 여주인인
나는 나의 고독을 다스린다
너는 어디에 있니
벽을 따라 내내 나를 꿈꾸었기에
너는 나를 본다 너는 내 말을 듣는다
그리고 너는 내 마음을 변화시키고
내 눈의 한복판에서 나를 앗아 가려고 한다

나는 서리와 이슬 사이 망각과 현존 사이에서
운명 없이 존재할 힘을 갖고 있다

추위든 더위든 나는 근심하지 않는다
나는 네 욕망을 통해
네가 준 나의 이미지와 멀어지리라
내 얼굴은 별 하나만을 가지고 있을 뿐

양보해야 한다 나를 사랑하는 건 소용없다
나는 일식 밤의 꿈
내 수정 커튼을 잊는다

나는 나의 이파리들 속에 있다
나는 나의 거울 속에 있다
나는 눈과 불을 섞는다
내 조약돌은 나의 상냥함을 지니고 있다
내 계절은 영원하다.

Médieuses
매개하는 여성들

VI

Où es-tu me vois-tu m'entends-tu

Me reconnaîtras-tu

Moi la plus belle moi la seule

Je tiens le flot de la rivière comme un violon

Je laisse passer les jours

Je laisse passer les bateaux les nuages

L'ennui est mort près de moi

Je tiens tous les échos d'enfance mes trésors

Avec des rires dans mon cou

Mon paysage est un bien grand bonheur

Et mon visage un limpide univers

Ailleurs on pleure des larmes noires

On va de caverne en caverne

Ici on ne peut pas se perdre

Et mon visage est dans l'eau pure je le vois

Chanter un seul arbre

Adoucir des cailloux

Refléter l'horizon

Je m'appuie contre l'arbre

Couche sur les cailloux

Sur l'eau j'applaudis le soleil la pluie

Et le vent sérieux

Où es-tu me vois-tu m'entends-tu

Je suis la créature de derrière le rideau

De derrière le premier rideau venu

Maîtresse des verdures malgré tout

Et des plantes de rien

Maîtresse de l'eau maîtresse de l'air

Je domine ma solitude

Où es-tu

A force de rêver de moi le long des murs

Tu me vois tu m'entends

Et tu voudrais changer mon cœur

M'arracher au sein de mes yeux

J'ai le pouvoir d'exister sans destin

Entre givre et rosée entre oubli et présence

Fraîcheur chaleur je n'en ai pas souci

Je ferai s'éloigner à travers tes désirs

L'image de moi-même que tu m'offres

Mon visage n'a qu'une étoile

Il faut céder m'aimer en vain
Je suis éclipse rêve de nuit
Oublie mes rideaux de cristal

Je reste dans mes propres feuilles
Je reste mon propre miroir
Je mêle la neige et le feu
Mes cailloux ont ma douceur
Ma saison est éternelle.

『보여 주다』

Donner à voir, 1939

마음 깊숙이

마음 깊숙이, 우리의 마음 깊숙이, 어느 아름다운 날, 네 눈의 아름다운 날이 이어진다. 벌판, 여름, 숲, 강. 홀로 산꼭대기의 모습을 살아 있게 만드는 강물. 우리의 사랑 그건 삶에의 사랑, 죽음에의 경멸이야. 반박하는, 신음하는 빛, 영원한 불꽃 그대로. 네 눈 속에 있는, 늘어나지도 끝나지도 않는, 단 하나의 날, 정오의 샘물 속에서 죽어 가는 장미보다 땅 한가운데서 더욱 밝은, 땅 위의 날이여.

우리의 심장 깊숙이, 네 눈은 모든 하늘을, 하늘이 품은 밤의 심장을 초월한다. 기쁨의 화살이여, 그것은 시간을 죽이고, 희망과 후회를 죽이고, 부재를 죽인다.

삶, 오로지 삶만이, 네 맑은 눈 주위로 만들어진 인간의 형태
일지니.

Au fond du cœur
마음 깊숙이

Au fond du cœur, au fond de notre cœur, un beau jour, le beau jour de tes yeux continue. Les champs, l'été, les bois, le fleuve. Fleuve seul animant l'apparence des cimes. Notre amour c'est l'amour de la vie, le mépris de la mort. A même la lumière contredite, souffrante, une flamme perpétuelle. Dans tes yeux, un seul jour, sans croissance ni fin, un jour sur terre, plus clair en pleine terre que les roses mortelles dans les sources de midi.

Au fond de notre cœur, tes yeux dépassent tous les ciels, leur cœur de nuit. Flèches de joie, ils tuent le temps, ils tuent l'espoir et le regret, ils tuent l'absence.

La vie, seulement la vie, la forme humaine autour de tes yeux clairs.

제4부: 1940년대

살아가다

우리 둘에게는 서로 내밀 손이 있어요
내 손을 잡아요 당신을 멀리 인도할게요

나는 여러 삶을 겪었죠 내 얼굴은 변했어요
내가 넘어선 문턱과 손길마다
가족과 같은 봄이 다시 태어났습니다
그를 위해 또 나를 위해 봄의 잔설(殘雪)과
죽음과 약속과
꼭 쥐었다 푸는 다섯 손가락의 미래를 간직한 채

내 나이는 항상 내게 알려 주었죠
타인을 통해 살아가야 할 새로운 이유들을
그리고 내 심장에 다른 심장의 피가 흐르고 있다는 사실을

아 명석한 소년이었던 나 그리고 나는
삶의 길을 비추느라
쇠약해진 섬세한 황금 달보다 더 아름다운
눈멀고 연약한 소녀들의 순결 앞에 있습니다
이끼와 나무들의 길
안개와 이슬의 길
대지 위 자기 자리에
혼자 서지 못하는 어린 육체의 길
바람 추위 비가 소년을 흔들어 재우고
여름이 그를 어른으로 만들지요

보이는 손길마다의 존재와 내 미덕
유일한 죽음은 바로 고독뿐
환희에서 분노로 분노에서 각성으로
지상 그리고 구름 속 모든 시간을 통해
모든 존재를 통해 나 자신을 온전히 만들어 갑니다
지나가는 계절들이여
살아왔기 때문에 나는 젊고 강합니다
나는 젊고 내 피는 내 폐허에서 솟구칩니다

우리에게는 섞일 손이 있어요
서로에 대한 우리의 애착보다
또 하늘에게 땅을 주고 밤에게 하늘을 주는 숲보다
더 매혹적인 것은 아무것도 없지요

끝없는 하루를 준비하는 밤에게요.

Vivre
살아가다

Nous avons tous deux nos mains à donner

Prenez ma main je vous conduirai loin

J'ai vécu plusieurs fois mon visage a changé

A chaque seuil à chaque main que j'ai franchis

Le printemps familial renaissait

Gardant pour lui pour moi sa neige périssable

La mort et la promise

La future aux cinq doigts serrés et relâchés

Mon âge m'accordait toujours

De nouvelles raisons de vivre par autrui

Et d'avoir en mon cœur le sang d'un autre cœur

Ah le garçon lucide que je fus et que je suis

Devant la blancheur des faibles filles aveugles

Plus belles que la lune blonde fine usée

Par le reflet des chemins de la vie

Chemin des mousses et des arbres

Du brouillard et de la rosée

Du jeune corps qui ne monte pas seul

A sa place sur terre

Le vent le froid la pluie le bercent

L'été en fait un homme

Présence ma vertu dans chaque main visible

La seule mort c'est solitude

De délice en furie de furie en clarté

Je me construis entier à travers tous les êtres

A travers tous les temps au sol et dans les nues

Saisons passantes je suis jeune

Et fort à force d'avoir vécu

Je suis jeune et mon sang s'élève sur mes ruines

Nous avons nos mains à mêler

Rien jamais ne peut mieux séduire

Que notre attachement l'un à l'autre forêt

Rendant la terre au ciel et le ciel à la nuit

A la nuit qui prépare un jour interminable.

지나가다

천둥은 검은 손 뒤에 숨었다

천둥은 거대한 문에 매달렸다
미치광이들의 불은 더는 흘리지 않는다 불은 초라하다

폭우가 도시의 무덤 속으로 흘러내렸다
연기로 장식되었고 재로 씌워졌다
마비시키는 바람이 얼굴을 짓누른다

빛은 가장 아름다운 집을 얼어붙게 했다
빛은 나무와 바다와 돌에 균열을 냈다
황금빛 사랑의 속옷이 찢어진다

비는 빛과 꽃들을 뒤엎었다
새와 물고기는 진흙 속에서 뒤섞인다

비는 모든 피의 길을 관통했다
산 자들을 이끌었던 지도가 지워진 채.

Passer
지나가다

Le tonnerre s'est caché derrière des mains noires

Le tonnerre s'est pendu à la porte majeure
Le feu des fous n'est plus hanté le feu est misérable

L'orage s'est coulé dans le tombeau des villes
S'est bordé de fumées s'est couronné de cendres
Le vent paralysé écrase les visages

La lumière a gelé les plus belles maisons
La lumière a fendu le bois la mer les pierres
Le linge des amours dorées est en charpie

La pluie a renversé la lumière et les fleurs
Les oiseaux les poissons se mêlent dans la boue

La pluie a parcouru tous les chemins du sang
Effacé le dessin qui menait les vivants.

이곳에 살기 위하여*

I

창공이 나를 버렸을 때, 나는 불을 피웠네,
그의 친구가 되기 위한 불,
겨울의 어둠으로 들어가기 위한 불,
더욱 잘 살기 위한 불을.

낮이 내게 베풀어 준 모든 것을 나는 불에게 바쳤지.
숲, 덤불, 보리밭, 포도밭,
보금자리들과 그들의 새, 집들과 그들의 열쇠,
벌레, 꽃, 모피, 축제.

나는 불꽃이 파닥거리며 튀는 소리만으로,
불꽃의 열기가 뿜어내는 냄새만으로 살았지.
나는 흐르지 않는 물속에 침몰하는 선박과 같아,
죽은 자처럼 단 하나의 원소만을 가졌네.

V

어떠한 인간도 사라지지 않으며
어떠한 인간도 자신 안에서 잊히지 않으며
어떠한 그림자도 투명하지 않다

나는 나밖에 없는 곳에서 사람들을 본다
내 근심은 가벼운 웃음으로 부서지고
나는 매우 감미로운 말들이 내 심각한 목소리와 만나 내는 소
리를 듣는다
내 눈은 순수한 시선의 망을 받치고 있다

우리는 험난한 산과 바다를 지나간다
미친 나무들은 맹세하는 내 손과 맞선다
떠도는 짐승들은 내게 그들 삶의 토막들을 제공한다
무슨 상관인가 내 이미지가 늘어났던 것이
무슨 상관인가 자연과 거울이 흐려졌던 것이
무슨 상관인가 하늘이 비어 있었던 것이 나는 혼자가 아닌
것을.

Pour vivre ici
이곳에 살기 위하여

I

Je fis un feu, l'azur m'ayant abandonné,
Un feu pour être son ami,
Un feu pour m'introduire dans la nuit d'hiver,
Un feu pour vivre mieux.

Je lui donnai ce que le jour m'avait donné :
Les forêts, les buissons, les champs de blé, les vignes,
Les nids et leurs oiseaux, les maisons et leurs clés,
Les insectes, les fleurs, les fourrures, les fêtes.

Je vécus au seul bruit des flammes crépitantes,
Au seul parfum de leur chaleur ;
J'étais comme un bateau coulant dans l'eau fermée,
Comme un mort je n'avais qu'un unique élément.

V

Aucun homme n'est invisible

Aucun homme n'est plus oublié en lui-même

Aucune ombre n'est transparente

Je vois des hommes là où il n'y a que moi

Mes soucis sont brisés par des rires légers

J'entends des mots très doux croiser ma voix sérieuse

Mes yeux soutiennent un réseau de regards purs

Nous passons la montagne et la mer difficiles

Les arbres fous s'opposent à ma main jurée

Les animaux errants m'offrent leur vie en miettes

Qu'importe mon image s'est multipliée

Qu'importe la nature et ses miroirs voilés

Qu'importe le ciel vide je ne suis pas seul.

『열린 책 II』

Le livre ouvert II, 1942

살 권리와 의무[*]

아무것도 없으리라
윙윙거리는 벌레 한 마리도
전율하는 나뭇잎 하나도
혀를 날름대거나 울부짖는 짐승 한 마리도
따뜻한 어떤 것도 꽃 피는 어떤 것도
서리 내린 어떤 것도 빛나는 어떤 것도 향기 나는 어떤 것도
여름 꽃에 스친 그림자 하나도
눈의 모피를 두른 나무 한 그루도
즐거운 입맞춤으로 치장한 뺨도
바람 속에서 신중하거나 대담한 날개도

섬세한 살갗의 한 귀퉁이도 노래하는 팔도
자유로운 어떤 것도 얻을 것과 망칠 것도
선을 위해 악을 위해
흩어지는 것과 모이는 것도
사랑이나 휴식으로 무장한 밤도
침착한 목소리도 흥분한 입술도
드러난 젖가슴도 열린 손도
비참함도 포만감도
불투명한 어떤 것도 볼 수 있는 어떤 것도
무거운 어떤 것도 가벼운 어떤 것도
소멸하는 어떤 것도 영원한 어떤 것도

한 사람이 있으리라
나 또는 다른 사람
어떤 사람이라도
그렇지 않으면 아무것도 없으리라.

Le droit le devoir de vivre

살 권리와 의무

Il n'y aurait rien

Pas un insecte bourdonnant

Pas une feuille frissonnante

Pas un animal léchant ou hurlant

Rien de chaud rien de fleuri

Rien de givré rien de brillant rien d'odorant

Pas une ombre léchée par la fleur de l'été

Pas un arbre portant des fourrures de neige

Pas une joue fardée par un baiser joyeux

Pas une aile prudente ou hardie dans le vent

Pas un coin de chair fine pas un bras chantant

Rien de libre ni de gagner ni de gâcher

Ni de s'éparpiller ni de se réunir

Pour le bien pour le mal

Pas une nuit armée d'amour ou de repos

Pas une voix d'aplomb pas une bouche émue

Pas un sein dévoilé pas une main ouverte

Pas de misère et pas de satiété

Rien d'opaque rien de visible

Rien de lourd rien de léger

Rien de mortel rien d'éternel

Il y aurait un homme

N'importe quel homme

Moi ou un autre

Sinon il n'y aurait rien.

시계에서 새벽까지*

그리고 시계는 감지할 수 없는 자신의 꿈에서 내려온다
그리고 시냇물은 맹렬히 추격하고 석탄은 뒤떨어진다
그리고 협죽도는 빛을 황혼과 연결한다
그리고 감은 내 눈 속에 새벽이 뿌리내리고 있다.

De l'horloge à l'aurore
시계에서 새벽까지

Et l'horloge descend de son rêve insensible

Et le ruisseau s'acharne et le charbon retarde

Et la pervenche joint le jour au crépuscule

Et dans mes yeux fermés l'aurore a des racines.

솟아오르라*

솟아오르라 단 한 방울의 물의 소녀여
외로운 소녀인 양
벌거벗은 옷들 한가운데서
벌거벗은 소녀인 양
그녀를 기원하는 손 한가운데서
나는 너를 환영한다

나는 벌거벗은 불꽃을 열망한다
나는 그 불꽃이 비추는 대상을 열망한다
솟아오르라 내 어린 유령이여
네 두 팔 속에서 미지의 섬은
네 몸의 형태를 지니게 되리라
나의 미소짓는 소녀여

섬 하나가 있고 바다는 누그러진다
공간은 오직 전율만을 느끼게 하리라
우리 둘을 위한 단 하나의 지평만을 품으리라
나를 믿으라 솟아오르라 내 시력을 감싸다오

우리의 모든 꿈에 생명을 다오
두 눈을 떠다오.

Surgis
솟아오르라

Surgis fille d'une seule eau
Comme une jeune fille seule
Au milieu de ses robes nues
Comme une jeune fille nue
Au milieu des mains qui la prient
Je te salue

Je brûle d'une flamme nue
Je brûle de ce qu'elle éclaire
Surgis ma jeune revenante
Dans tes bras une île inconnue
Prendra la forme de ton corps
Ma souriante

Une île et la mer diminue
L'espace n'aurait qu'un frisson
Pour nous deux un seul horizon
Crois-moi surgis cerne ma vue

Donne la vie à tous mes rêves

Ouvre les yeux.

최상의 순간[*]

프랑시스 풀랑크[*]에게.

벨벳과 오렌지의 분별 있는 집
부서진 은과 가죽과 널빤지로 된
호의적인 집

바늘로 새겨진 우아한 네 벽은
천장의 이마 아래
견자의 눈을 뜨고 있네

공기와 수액과 불타는 씨앗을 머금은
제철의 식물과 꽃이여
힘의 유일한 길은
우리의 휴식을 지나간다

하늘의 이끼 아래 우리의 지붕은 우리에게 허락
하지
가벼운 단어를 호박빛 웃음을

그리하여 꿈꾸는 커다란 불의 노래는
우리들의 눈꺼풀 아래에서 익어 가네.

Les excellents moments

최상의 순간

à Francis Poulenc.

De velours et d'orange la maison sensée

D'argent détruit de cuir de planches

La maison accueillante

Quatre murs pleins de grâce et gravés à l'aiguille

Ouvrant leurs yeux visionnaires

Sous le front du plafond

Plantes et fleurs toutes à l'heure et gorgées d'air

De sève et de graines ardentes

La seule route de la force

Passe par notre repos

Sous la mousse du ciel notre toit nous accorde

Des mots légers des rires d'ambre

Et le chant d'un grand feu rêveur

Mûrit entre nos paupières.

네가 사랑한다면*

네가 사랑한다면 모든 이미지에 꼭 맞는
강렬한 나체
그녀의 여름이 담긴 피는
웃음에 금빛 제 입술을 주고
눈물에 무한한 제 눈빛을 주고
큰 도약에 달아나는 제 무게를 주네

네가 엮어 주고 싶은 것을 위해
샘물 속에서 새벽을 밝혀라
네 연결 짓는 손은
빛과 재를
바다와 산 평야와 나뭇가지들
수컷과 암컷 눈(雪)과 열기를 맺어 줄 수 있으니

가장 막연한 구름과
가장 평범한 말과
잃어버린 대상
이 모든 것을 날갯짓하게 하라

이들을 네 마음과 비슷해지도록 하라
이들에게 모든 생명을 제공하라.

Si tu aimes
네가 사랑한다면

Si tu aimes l'intense nue

Infuse à toutes les images

Son sang d'été

Donne aux rires ses lèvres d'or

Aux larmes ses yeux sans limites

Aux grands élans son poids fuyant

Pour ce que tu veux rapprocher

Allume l'aube dans la source

Tes mains lieuses

Peuvent unir lumière et cendre

Mer et montagne plaine et branches

Mâle et femelle neige et fièvre

Et le nuage le plus vague

La parole la plus banale

L'objet perdu

Force-les à battre des ailes

Rends-les semblables à ton cœur

Fais-leur servir la vie entière.

『시와 진실 1942』

Poésie et vérité 1942, 1942

자유

내 초등학교 공책 위에
내 책상과 나무 위에
모래 위에 눈(雪) 위에
나는 네 이름을 쓴다

내가 읽은 모든 페이지 위에
모든 백지 위에
돌 피 종이 또는 재 위에
나는 네 이름을 쓴다

황금 동상 위에
병사의 무기 위에
국왕의 왕관 위에
나는 네 이름을 쓴다

밀림과 사막 위에
새의 둥지 위에 금작화 위에
내 어린 시절의 메아리 위에
나는 네 이름을 쓴다

밤의 경이로움 위에
나날의 흰 빵 위에
약혼 시절 위에
나는 네 이름을 쓴다

내 모든 창공의 누더기 위에
곰팡이 핀 태양 연못 위에
생기 넘치는 달 호수 위에
나는 네 이름을 쓴다

들판 위에 지평선 위에
새들의 날개 위에
그리고 그림자 드리운 물레방아 위에
나는 네 이름을 쓴다

새벽이 내뿜는 모든 입김 위에
바다 위에 배 위에
미친 산 위에
나는 네 이름을 쓴다

구름의 거품 위에
폭풍우의 땀방울 위에
흐릿한 굵은 빗방울 위에
나는 네 이름을 쓴다

반짝이는 형상 위에
여러 빛깔의 종 위에
육체적 진리 위에
나는 네 이름을 쓴다

깨어난 오솔길 위에
펼쳐진 큰길 위에
넘치는 광장 위에
나는 네 이름을 쓴다

불 켜진 램프 위에
불 꺼진 램프 위에
모인 내 가족들 위에
나는 네 이름을 쓴다

거울과 내 방의
반으로 자른 과일 위에
텅 빈 조개껍질 내 침대 위에
나는 네 이름을 쓴다

먹성 좋고 다정한 나의 개 위에
그의 쫑긋한 두 귀 위에
그의 허둥대는 다리 위에
나는 네 이름을 쓴다

내 문의 발판 위에
익숙한 물건들 위에
축복받은 불의 물결 위에
나는 네 이름을 쓴다

조화로운 모든 살결 위에
내 친구들의 이마 위에
내민 손 하나하나 위에
나는 네 이름을 쓴다

놀라운 것을 간직한 유리창 위에
자상한 입술 위에
침묵 저 너머에
나는 네 이름을 쓴다

부서진 내 은신처 위에
무너진 내 등대 위에
내 권태의 벽 위에
나는 네 이름을 쓴다

욕망 없는 부재 위에
헐벗은 고독 위에
죽음의 계단 위에
나는 네 이름을 쓴다

되찾은 건강 위에
사라진 위험 위에
회상 없는 희망 위에
나는 네 이름을 쓴다

그 한마디 말의 힘으로
나는 내 생을 다시 시작한다
나는 너를 알기 위해 태어났다
네 이름을 부르기 위해

자유여.

Liberté
자유

Sur mes cahiers d'écolier

Sur mon pupitre et les arbres

Sur le sable sur la neige

J'écris ton nom

Sur toutes les pages lues

Sur toutes les pages blanches

Pierre sang papier ou cendre

J'écris ton nom

Sur les images dorées

Sur les armes des guerriers

Sur la couronne des rois

J'écris ton nom

Sur la jungle et le désert

Sur les nids sur les genêts

Sur l'écho de mon enfance

J'écris ton nom

Sur les merveilles des nuits
Sur le pain blanc des journées
Sur les saisons fiancées
J'écris ton nom

Sur tous mes chiffons d'azur
Sur l'étang soleil moisi
Sur le lac lune vivante
J'écris ton nom

Sur les champs sur l'horizon
Sur les ailes des oiseaux
Et sur le moulin des ombres
J'écris ton nom

Sur chaque bouffée d'aurore
Sur la mer sur les bateaux
Sur la montagne démente
J'écris ton nom

Sur la mousse des nuages
Sur les sueurs de l'orage

Sur la pluie épaisse et fade
J'écris ton nom

Sur les formes scintillantes
Sur les cloches des couleurs
Sur la vérité physique
J'écris ton nom

Sur les sentiers éveillés
Sur les routes déployées
Sur les places qui débordent
J'écris ton nom

Sur la lampe qui s'allume
Sur la lampe qui s'éteint
Sur mes maisons réunies
J'écris ton nom

Sur le fruit coupé en deux
Du miroir et de ma chambre
Sur mon lit coquille vide
J'écris ton nom

Sur mon chien gourmand et tendre

Sur ses oreilles dressées
Sur sa patte maladroite
J'écris ton nom

Sur le tremplin de ma porte
Sur les objets familiers
Sur le flot du feu béni
J'écris ton nom

Sur toute chair accordée
Sur le front de mes amis
Sur chaque main qui se tend
J'écris ton nom

Sur la vitre des surprises
Sur les lèvres attentives
Bien au-dessus du silence
J'écris ton nom

Sur mes refuges détruits
Sur mes phares écroulés
Sur les murs de mon ennui
J'écris ton nom

Sur l'absence sans désir
Sur la solitude nue
Sur les marches de la mort
J'écris ton nom

Sur la santé revenue
Sur le risque disparu
Sur l'espoir sans souvenir
J'écris ton nom

Et par le pouvoir d'un mot
Je recommence ma vie
Je suis né pour te connaître
Pour te nommer

Liberté.

야간 통행금지

어쩌란 말인가 문은 감시되었는데

어쩌란 말인가 우리는 갇혔는데

어쩌란 말인가 길은 폐쇄되었는데

어쩌란 말인가 도시는 진압되었는데

어쩌란 말인가 그녀는 굶주렸는데

어쩌란 말인가 우리는 무장해제되었는데

어쩌란 말인가 밤이 왔는데

어쩌란 말인가 우리는 서로 사랑했는데.

Couvre-feu
야간 통행금지

Que voulez-vous la porte était gardée

Que voulez-vous nous étions enfermés

Que voulez-vous la rue était barrée

Que voulez-vous la ville était matée

Que voulez-vous elle était affamée

Que voulez-vous nous étions désarmés

Que voulez-vous la nuit était tombée

Que voulez-vous nous nous sommes aimés.

늑대 한 마리 [2]

낮은 나를 놀라게 하고 밤은 나를 두렵게 한다
여름은 나를 붙들고 겨울은 나를 추격한다

짐승 한 마리가 제 발자국을
눈 위에 올려놓았다 모래 위나 진흙 속에도
내 발자국보다 더 멀리에서 온 제 발자국을
죽음이 삶의 흔적을 지니고 있다는
단서를 남긴 채.

Un loup [2]
늑대 한 마리 [2]

Le jour m'étonne et la nuit me fait peur

L'été me hante et l'hiver me poursuit

Un animal sur la neige a posé

Ses pattes sur le sable ou dans la boue

Ses pattes venues de plus loin que mes pas

Sur une piste où la mort

A les empreintes de la vie.

밖으로부터

밤 추위 고독

사람들은 나를 철저하게 가두었다

하지만 나뭇가지들은 감옥에서 그들의 길을 모색했다

내 주위의 풀잎은 하늘을 찾아냈다

사람들은 하늘에 빗장을 쳤다

내 감옥은 무너졌다

살아 있는 추위 타오르는 추위가 정말로 내 손에 쥐어졌다.

Du dehors
밖으로부터

La nuit le froid la solitude

On m'enferma soigneusement

Mais les branches cherchaient leur voie dans la prison

Autour de moi l'herbe trouva le ciel

On verrouilla le ciel

Ma prison s'écroula

Le froid vivant le froid brûlant m'eut bien en main.

『침대 책상』

Le lit la table, 1944

우리의 해(年)

나는 네 집을 좋아할 거야
그 각각의 돌은
내 사랑이여 내 집을 좋아해
왜냐하면 나는 네 집을 좋아할 거니까

우리는 우리 집 안에 있고
우리는 우리 방 안에 있고
집은 우리 방 안에 있어
집은 숲속에 있고
우리는 숲속을 거닐고

나는 네 어깨에 기대지

두 그루 나무 사이의 햇빛은
나무들 중 가장 아름다운 나무
빛나는 두 손 사이로
손들 중 가장 솔직한 손

우리에겐 입술이 하나만 있지
우리의 사랑과 꼭 닮아
살기 위해 죽기 위해
노래하기 위해 가장 오랜 장작불에서
다시 태어나기 위해

1월 첫 입맞춤
1월 매달이 아름답구나
5월 나른한 나룻배에
여성 파수꾼의 솜털을 채워 넣네

답은 가까이에서 찾는 법
날개는 나무를 되찾지
나뭇잎과 구름도
모든 꽃마다 자기 태양이 있고
모든 얼굴엔 꽃이 활짝 피네

침묵은 가을의 미덕
침묵의 노래는 잊히고
눈(雪)의 종들이
은밀히 12월을 울리네
너는 내게 용기를 주지
너와 함께라면 모든 해(年)가 아름다워
사방에서 불어오는 숨결을 느끼는 내 입술
원소들의 재산

올해를 위해 우리는 간직하리
어린 시절의 끈기를
녹음의 나체를
네 빛나는 두 눈의 나체를
그리고 네 벌어진 입술 아래 네 맑은 젖가슴을
내게 계시를 준 여성이여 네 젖가슴을 보여 줘
다른 사람들에게 네 행복을 얹어 줘
경사면에 붙들려 빛을 파내는
이 맑은 물의 이(二) 분과 함께

어둠 속에서 나는 조금 휘젓지
하늘을 그리기 위한 정도로만
쾌락의 새들을 모으기 위한 정도로만
새들 부드럽고 아름다운 배를 쓰다듬기
새들 뱀처럼 날카롭게 쓰다듬기

이끼 덮인 바위같이
부드럽고도 냉혹한 사랑하는 이여

바위 같은 그리고 수탉 같은
빛나는 표정
화마 같은 수탉
어제로부터도 오늘로부터도 오지 않은
빛깔들의 움직임
강렬한 빛

지나간 시간의 무질서
밤을 없애기 위해 나는
어제 산 자들 사이에서
내일의 죽은 자들 사이에서
깊은 꿈과 깨어남에 저항하여
내 모든 잠을 걸었지.

Notre année
우리의 해(年)

J'aimerai ta maison

Chacune de ses pierres

Aime amour ma maison

Car j'aimerai la tienne

Nous sommes dans notre maison

Et nous sommes dans notre chambre

La maison est dans notre chambre

La maison est dans la forêt

Et nous marchons dans la forêt

Et je m'appuie sur ton épaule

Le jour entre deux arbres

Est le plus beau des arbres

Entre mains rayonnantes

La plus franche des mains

Nous n'avons qu'une bouche

A fleur de notre amour

Pour vivre pour mourir

Pour chanter et renaître

Dans le plus vieux brasier

Janvier un premier baiser

Janvier tous les mois sont beaux

Mai boucle une barque molle

Le duvet d'une veilleuse

La réponse vient de près

Les ailes retrouvent l'arbre

Et les feuilles le nuage

Chaque fleur a son soleil

Chaque visage est en fleur

Silence vertu d'automne

Silence le chant s'oublie

Et les cloches de la neige

Sonnent Décembre secret

Tu me donnes du courage

Avec toi l'année est belle

Ma bouche des quatre souffles

Fortune des éléments

Nous garderons pour cette année

La résistance de l'enfance

La nudité de la verdure

La nudité de tes yeux clairs

Et sous tes lèvres entr'ouvertes tes seins clairs

Montre tes seins ma révélée

Impose aux autres ton bonheur

Ces deux minutes d'eau claire

Retenues sur la pente et creusant leur éclat

Dans l'ombre je remue à peine

Assez pour dessiner le ciel

Assez pour recueillir les oiseaux du plaisir

Les oiseaux la caresse au joli ventre doux

Les oiseaux la caresse aiguë comme un serpent

Douce et dure bien-aimée

Comme un roc couvert de mousse

Comme un roc et comme un coq

Une mine de lumière

Un coq comme un incendie

Ni d'hier ni d'aujourd'hui

Un mouvement de couleurs

La lumière foudroyante

Désordre du temps passé
Moi pour dissiper la nuit
J'ai risqué tout mon sommeil
Contre un grand rêve et l'éveil
D'entre les vivants d'hier
D'entre les morts de demain.

너와 함께 있으면

나는 유리처럼 길을 손에 쥔다
마법의 빛으로 가득한
가벼운 말로 가득한
이유 없는 웃음으로 가득한 길
지상의 가장 아름다운 과일을

산책하는 사람들은 밀짚으로 되어 있다
푸른 부재의 새들과
마르고 창백한
항상 근심스러운 표정의 소녀도
어김없이 나타난다

오래된 작은 소녀
그녀는 내 꿈을 증명한다
그녀는 내 욕망에 따라 움직이고
거리의 금빛 물결 위에서
어린 시절의 모습을 밤새 지킨다.

Avec toi
너와 함께 있으면

Je tiens la rue comme un verre

Plein de lumière enchantée

Plein de paroles légères

Et de rires sans raison

Le plus beau fruit de la terre

Les promeneurs sont de paille

Les oiseaux d'absence bleue

Une fille étroite et pâle

Toujours aussi soucieuse

Ne manque pas d'apparaître

Petite fille ancienne

Elle justifie mes rêves

Elle cède à mes désirs

Et veille reflet d'enfance

Sur le flot d'or de la rue.

네가 없으면

들판의 태양이 썩는다
숲속의 태양이 잠든다
살아 있는 하늘이 사라지고
저녁이 사방을 짓누른다

새들에게는
헐벗은 몇 개의 나뭇가지 사이
완전히 얼어붙은 단 하나의 길이 있을 뿐
그곳에서 밤의 끝을 향해
밤 가운데 가장 비인간적인 밤
종말의 밤이 오리라

포도밭으로 슬며시
무덤 속 추위가 찾아오리라
불면도 없고
낮의 기억도 없는 밤
적대적인 마법이
단순하지도 복합적이지도 않은 죽음을

모든 것에 그리고 모두에게 돌려준다

이 밤의 끝을 향해
어떤 희망도 허락되지 않기에
걸어 볼 것이 내게는 아무것도 없기에.

Sans toi

네가 없으면

Le soleil des champs croupit

Le soleil des bois s'endort

Le ciel vivant disparaît

Et le soir pèse partout

Les oiseaux n'ont qu'une route

Toute d'immobilité

Entre quelques branches nues

Où vers la fin de la nuit

Viendra la nuit de la fin

L'inhumaine nuit des nuits

Le froid sera froid en terre

Dans la vigne d'en dessous

Une nuit sans insomnie

Sans un souvenir du jour

Une merveille ennemie

Prête à tout et prête à tous

La mort ni simple ni double

Vers la fin de cette nuit
Car nul espoir n'est permis
Car je ne risque plus rien.

1943년 9월 21일의 꿈

나는 티롤의 길을
빠르게 걷고 있는 꿈을 꾸었지
때로는 더 빨리 가기 위해
네 발로 걷기도 했어
내 손바닥은 단단했지
그리고 예쁜 시골 여인들은
그곳의 풍습에 따라
나와 마주치면 부드러운 몸짓으로
내게 인사를 하곤 했지
그리고 나는 감옥에 도착했네

사람들은 창가에 리본을 매어 놓았고
문은 활짝 열려 있었지
그리고 감옥은 비어 있었어
나는 그곳에 살면서
내 마음대로 드나들 수 있었지
그곳에서 일할 수 있었고
그곳에서 행복할 수 있었지

외양간의 아래쪽에는
리본을 두른 검은 말들이
내 뜻을 기다리고 있었어
햇빛 속의 물처럼
벽은 떨고 있었고
광장 위에서 시골 여인들은
이유 없이 웃고 있었어
한여름 만발한 꽃 한가운데에
눈의 축제가 열리고 있었지

맑은 공기를 가득 채우고 나는 다시 떠났지
길 위로 가볍고 빠르게
나는 똑같은 감옥에 도착했어
햇빛 비추는 텅 빈 즐거운 감옥에

나는 아무도 만나지 못했던 것에 놀라
잠에서 깨어났어.

Rêve du 21 septembre 1943
1943년 9월 21일의 꿈

J'ai rêvé que je marchais vite

Sur les routes du Tyrol

Parfois pour aller plus vite

Je marchais à quatre pattes

Et mes paumes étaient dures

Et de belles paysannes

A la mode de là-bas

Me croisaient me saluaient

D'un geste doux

Et j'arrivai aux prisons

On avait mis des rubans aux fenêtres

Les portes étaient grandes ouvertes

Et les prisons étaient vides

Je pouvais y habiter

Entrer sortir à mon gré

Je pouvais y travailler

Je pouvais y être heureux

En bas dans une écurie

Des chevaux noirs enrubannés

Attendaient mon bon plaisir

Comme de l'eau dans le soleil

Les murs tremblaient

Sur la place les paysannes

Riaient sans savoir pourquoi

C'était la fête de la neige

En plein été parmi les fleurs

Je repartis gonflé d'air pur

Léger rapide sur les routes

J'arrivai aux mêmes prisons

Ensoleillées vides et gaies

Je me suis réveillé surpris

De n'avoir pas rencontré d'homme.

여름의 휴식

I

침대에 누워 있는 태양은 나를 축복한다
나는 여전히 밤의 다정함을 간직한다

II

마음의 무더운 섬 안에서
밤과 끝없는 접촉

III

미래도 없고 기억도 없고
항상 모호하고 항상 흔들리던
가장 쓸모없던 여자아이

그녀가 커피의 베일을 짠다
그녀가 연기의 베일을 들어 올린다

두 눈 아래서 제 손가락의
차양 아래서 소멸할 장미

잘 알려진 가장 큰 쾌락의
입술 아래서 침묵하며
입술 아래서 소멸할 장미

IV

젖가슴 사이에 입맞춤하기엔 너무 늦었지
하지만 난 얇은 블라우스를 입었는걸 그녀는 말한다
애무가 정지시킨
아침의 작은 날개여

V

포석(鋪石)의 천둥소리에
빛이 거리로 흐르고
여자들은 채색되고

남자들은 눈에 띈다
내 남자들의 긴 광장이여
내 여자들의 시각이여
모두가 영감을 받은 모두가 부재하는
그리고 모두가 사막을 마주하고 있는

VI

행복으로 빛나는 호박빛 정원이여
그곳에서 나는 되뇌인다 추수여
추수하는 남자들과 추수하는 여자들이여
그들의 허벅지가 드리운 강한 그림자는
삽처럼 다독인다
서러워하는 평평한 땅을

땅이여 땅이여 희망이여 그리고
모든 아이를 키우기 위한 땅이여

물이 아닌 불로 깨끗이 씻긴
추수하는 남자들과 추수하는 여자들이여

VII

볏단과 아치 아래
곡식들이 달아난다
불꽃이 그리고 신선함이 달아난다
저 먼 하늘보다 더 강한
표본이 되는 단 하나의 이삭을 위해.

Repos d'été

여름의 휴식

I

Allongé sur le lit le soleil me fait grâce

Je garde encore la tendresse de la nuit

II

Le contact sans fin de la nuit

Dans les îles chaudes du cœur

III

L'enfant la plus inutile

Sans avenir sans mémoire

Très vague et toujours bercée

Elle se tisse un voile de café
Elle soulève un voile de fumée

Rose à finir sous les yeux
Sous l'abat-jour de ses doigts

Rose à finir sous les lèvres
En silence sous les lèvres
Du plus grand plaisir connu

IV

Il est trop tard pour un baiser entre les seins
Mais j'ai blouse fine dit-elle
Petite aile matin
Que la caresse paralyse

V

Au tonnerre des pavés
Le jour coule dans la rue
Et les femmes se colorent

Et les hommes s'accentuent

Longues places de mes hommes

Perspectives de mes femmes

Tous inspirés tous absents

Tous faisant face au désert

VI

Par bonheur le jardin d'ambre

Où je répète moissons

Moissonneurs et moissonneuses

L'ombre forte de leurs cuisses

Comme une bêche assouplit

La terre rase abattue

Terre terre espoir et terre

Pour porter tous les enfants

Moissonneurs et moissonneuses

Sans eau mais lavés de feu

VII

Sous les gerbes et les arcs

Fuit une foule de grains

Fuit la flamme et la fraîcheur

Pour un seul épi modèle

Plus fort que le ciel lointain.

『고통의 무기』

Les armes de la douleur, 1944

용기

파리는 춥다 파리는 배고프다
파리는 이제 거리에서 군밤을 먹지 않는다
파리는 노파의 낡은 옷을 걸쳐 입었다
파리는 바람이 통하지 않는 지하철에서 선 채로 잔다
아직 더 많은 불행이 가난한 사람들에게 부과되어 있다
그리고 불행한 파리의
지혜와 광기
그것은 맑은 공기 그것은 불
그것은 아름다움 그것은
굶주린 노동자들의 선량함

파리여 살려 달라고 외치지 말라

그대는 세상없는 생명으로 살아 있으니

창백하고 야윈

네 알몸 뒤로

인간적인 모든 것이 그대 눈 속에 비친다

파리여 나의 아름다운 도시여

바늘처럼 예리하고 검처럼 강하고

순박하고 지혜로운

그대는 불의를 참지 못한다

그대에게 불의는 유일한 무질서

그대는 그대를 자유롭게 하리라 파리여

별처럼 떨고 있는 파리여

우리의 살아 있는 희망이여

그대는 피로와 진창에서 해방되리라

형제들이여 용기를 갖자

철모를 쓰지 않고 장화와 장갑도 없고

교양도 없는 우리지만

한 줄기 빛이 우리의 핏줄 속에서 켜진다

우리의 불빛이 우리에게 되돌아온다

우리 중 아주 훌륭한 사람들이 우리를 위해 죽었다

이제 그들의 피는 우리 가슴 속에 자리 잡고

다시 아침이 온다 파리의 아침은

임박한 해방

태어나는 봄의 공간

바보 같은 세력은 열세에 놓이리라
이 포로들 우리의 적들은
만약 그들이 깨닫는다면
만약 그들이 깨달을 수 있다면
일어나 물러가리라.

Courage
용기

Paris a froid Paris a faim

Paris ne mange plus de marrons dans la rue

Paris a mis de vieux vêtements de vieille

Paris dort tout debout sans air dans le métro

Plus de malheur encore est imposé aux pauvres

Et la sagesse et la folie

De Paris malheureux

C'est l'air pur c'est le feu

C'est la beauté c'est la bonté

De ses travailleurs affamés

Ne crie pas au secours Paris

Tu es vivant d'une vie sans égale

Et derrière la nudité

De ta pâleur de ta maigreur

Tout ce qui est humain se révèle en tes yeux

Paris ma belle ville

Fine comme une aiguille forte comme une épée

Ingénue et savante

Tu ne supportes pas l'injustice

Pour toi c'est le seul désordre

Tu vas te libérer Paris

Paris tremblant comme une étoile

Notre espoir survivant

Tu vas te libérer de la fatigue et de la boue

Frères ayons du courage

Nous qui ne sommes pas casqués

Ni bottés ni gantés ni bien élevés

Un rayon s'allume en nos veines

Notre lumière nous revient

Les meilleurs d'entre nous sont morts pour nous

Et voici que leur sang retrouve notre cœur

Et c'est de nouveau le matin un matin de Paris

La pointe de la délivrance

L'espace du printemps naissant

La force idiote a le dessous

Ces esclaves nos ennemis

S'ils ont compris

S'ils sont capables de comprendre

Vont se lever.

『살아갈 자격』

Dignes de vivre, 1944

우리 시대에 대하여 [2]

우리의 하늘이 닫힐 때

오늘 저녁

우리의 하늘이 풀릴 때

오늘 저녁

우리 하늘의 봉우리들이

서로 만날 때

내 집은 지붕을 갖게 되리

오늘 저녁

내 집 안은 환해지리

어떤 집이 내 집일까

사방 어디에나 있는
아무에게나 속한 모두의 집이지
하지만 내 집들 중 가장 포근한 집은
오늘 저녁
내 친구의 집이리라.

De notre temps [2]
우리 시대에 대하여 [2]

Quand notre ciel se fermera

Ce soir

Quand notre ciel se résoudra

Ce soir

Quand les cimes de notre ciel

Se rejoindront

Ma maison aura un toit

Ce soir

Il fera clair dans ma maison

Quelle maison est ma maison

Une maison d'un peu partout

De tous de n'importe qui

Mais les plus douces de mes maisons

Ce soir

Seront celles de mes amis.

통고

그가 죽기 전날 밤은
그의 생에서 가장 짧은 밤이었다
그가 여전히 살아 있다는 생각이
손목의 피를 끓어오르게 했다
육체의 무게가 그를 구역질하게 했고
육체의 힘이 그를 신음하게 했다
바로 이러한 공포의 밑바닥에서
그가 미소를 짓기 시작했다
그에게는 '단 한 명'의 동지가 아닌
그에게 복수해 줄 수백만 또 수백만의

동지들이 있었음을 그는 알고 있었다
하여 태양은 그를 위해 떠올랐다.

Avis
통고

La nuit qui précéda sa mort

Fut la plus courte de sa vie

L'idée qu'il existait encore

Lui brûlait le sang aux poignets

Le poids de son corps l'écœurait

Sa force le faisait gémir

C'est tout au fond de cette horreur

Qu'il a commencé à sourire

Il n'avait pas UN camarade

Mais des millions et des millions

Pour le venger il le savait

Et le jour se leva pour lui.

가브리엘 페리*

삶으로 벌린 자신의 두 팔밖에는
방어 수단이 없었던 한 남자가 죽었어요
모두들 총탄을 두려워하던 도로 말고는
다른 길이 없었던 한 남자가 죽었어요
죽음에 대항하여 망각에 대항하여
계속 싸워 온 한 남자가 죽었어요

왜냐하면 그가 원했던 모든 것
우리도 그것을 원했으니까요
우리도 오늘 그것을 원하니까요
눈 속 깊이 가슴속 깊이
행복이 빛이 되는 것
그리고 정의가 땅 위에 실현되는 것을

살아가게 만드는 말이 있습니다
그것은 순수한 말들입니다
온기라는 말 믿음이라는 말
사랑 정의 그리고 자유라는 말

아이라는 말 그리고 친절함이라는 말
그리고 몇몇 꽃 이름과 몇몇 과일 이름
용기라는 말과 발견하다라는 말
그리고 형제라는 말과 동지라는 말
그리고 몇몇 마을 이름
그리고 몇몇 여자 이름 친구 이름
여기에 페리라는 이름을 덧붙입시다
페리는 죽었지요 우리를 살게 하기 위해서
그에게 친숙하게 말을 놓읍시다 그의 심장에 구멍이 뚫렸어요
하지만 그 사람 덕분에 우리는 서로를 더 잘 알게 되었지요
우리도 친숙하게 말을 놓읍시다 그의 희망은 살아 있습니다.

Gabriel Péri

가브리엘 페리

Un homme est mort qui n'avait pour défense

Que ses bras ouverts à la vie

Un homme est mort qui n'avait d'autre route

Que celle où l'on hait les fusils

Un homme est mort qui continue la lutte

Contre la mort contre l'oubli

Car tout ce qu'il voulait

Nous le voulions aussi

Nous le voulons aujourd'hui

Que le bonheur soit la lumière

Au fond des yeux au fond du cœur

Et la justice sur la terre

Il y a des mots qui font vivre

Et ce sont des mots innocents

Le mot chaleur le mot confiance

Amour justice et le mot liberté

Le mot enfant et le mot gentillesse

Et certains noms de fleurs et certains noms de fruits

Le mot courage et le mot découvrir

Et le mot frère et le mot camarade

Et certains noms de pays de villages

Et certains noms de femmes et d'amis

Ajoutons-y Péri

Péri est mort pour ce qui nous fait vivre

Tutoyons-le sa poitrine est trouée

Mais grâce à lui nous nous connaissons mieux

Tutoyons-nous son espoir est vivant.

『가벼운 속옷 제조 여직공』

Lingères légères, 1945

나체의 풍경

나체의 풍경
그곳에서 나 오랫동안 살아가리
네 온기가 감도는
부드러운 초원에서

네 젖가슴이 빛을
아롱이게 하는 샘물
네 입술이 다른 입술에
웃음 짓는 오솔길

구름 없는 네 이마가
비추고 있는 하늘 아래
새들이 네 눈꺼풀을
열어 놓는 숲

내 유일한 우주
자연의 리듬과
조화를 이루는 내 가벼운 여인이여
네 벗은 살은 지속되리라.

Le paysage nu
나체의 풍경

Le paysage nu

Où je vivrai longtemps

A de tendres prairies

Où ta chaleur repose

Des sources où tes seins

Font miroiter le jour

Des chemins où ta bouche

Rit à une autre bouche

Des bois où les oiseaux

Entr'ouvrent tes paupières

Sous un ciel réfléchi

Par ton front sans nuages

Mon unique univers

Ma légère accordée

Au rythme de nature

Ta chair nue durera.

『끊임없는 시 I』
Poésie ininterrompue I, 1946

끊임없는 시'

나는 이 페이지들을 잘 읽지 못할 사람들과 그래서
이 페이지들을 좋아하지 않을 사람들에게 바친다.

....

벌거벗은 지워진 잠든
선택된 고귀한 고독한
깊은 사선의 아침의
신선한 진줏빛의 머리털이 헝클어진
다시 활기를 띤 첫 번째의 군림하는

요염한 생기 있는 열정적인
오렌지빛의 장밋빛의 창백해지는
아름다운 귀여운 영악한
자연스러운 누워 있는 서 있는
포옹하는 열린 모아진
빛나는 조화롭지 않은
가난한 생글거리는 유혹적인
눈부신 비슷한
귀가 먼 은밀한 지하의
눈이 먼 무뚝뚝한 재앙을 가져오는
나무 향내 나는 풀이 무성한 피로 물든
야생의 어두운 말을 더듬는
태양이 비춘 조명을 받은
꽃 핀 당황한 다정한
교육받은 사려 깊은 영리한
충실한 쉬운 별빛을 받은
포동포동한 어두운 설레는
한결같은 긴장된
포석이 깔린 건설된 유리창이 달린
전체의 높은 인기가 많은
차단된 보호된 모순된
동등한 무거운 금속의
잔인한 용서할 수 없는
놀란 매듭이 풀린 끊긴

검은 모욕당한 흙탕물이 튄 (여자)

우리는 둘인가 혹은 나는 혼자인가

말하기 위해
사막에 그림을 그리는
그리고 자기 앞을 보기 위한
고독한 여자같이

행복해지기 위한 해(年)
빗장 걸린 여름과
겨울 눈은 잘 만들어진 침대
사람들은 봄을
견고한 날개들과 떼어 놓는다

죽음에서 되돌아온 삶에서 되돌아온
나는 유월에서 십이월까지
무관심의 거울을 통과해
시각의 구멍을 완전히 통과해 지나간다

고독한 여자처럼
나는 이곳에 머물러 있을 것인가
나는 어느 날 모든 사람에게 또는
어떤 사람에게 해답을 줄 것인가

(……)

무한의 리듬에 맞춰
모든 것은 비워지고 또 채워진다
그러니 진실을 말하자
젊음은 보물
늙음은 보물
태양은 보물
그리고 대지는 보고(寶庫)
겨울은 모피
여름은 찬 음료
그리고 가을은 환영의 우유

봄은 새벽
그리고 입술은 새벽
그리고 불멸의 눈은
모든 것의 형태를 지니고 있다

우리 둘 너는 완전히 벌거벗고
나는 내가 경험한 그대로
너는 피의 근원
그리고 나는 두 눈처럼
열린 손

우리 둘 우리는 충실하기 위해서만 살아간다
삶에

....

Poésie ininterrompue

끊임없는 시

Je dédie ces pages à ceux qui les liront mal et

à ceux qui ne les aimeront pas.

....

Nue effacée ensommeillée

Choisie sublime solitaire

Profonde oblique matinale

Fraîche nacrée ébouriffée

Ravivée première régnante

Coquette vive passionnée

Orangée rose bleuissante

Jolie mignonne délurée

Naturelle couchée debout

Étreinte ouverte rassemblée

Rayonnante désaccordée

Gueuse rieuse ensorceleuse

Étincelante ressemblante

Sourde secrète souterraine

Aveugle rude désastreuse

Boisée herbeuse ensanglantée

Sauvage obscure balbutiante

Ensoleillée illuminée

Fleurie confuse caressante

Instruite discrète ingénieuse

Fidèle facile étoilée

Charnue opaque palpitante

Inaltérable contractée

Pavé construite vitrifiée

Globale haute populaire

Barrée gardée contradictoire

Égale lourde métallique

Impitoyable impardonnable

Surprise dénouée rompue

Noire humiliée éclaboussée

Sommes-nous deux ou suis-je solitaire

Comme une femme solitaire

Qui dessine pour parler

Dans le désert

Et pour voir devant elle

L'année pour être heureuse

Un été en barres

Et l'hiver la neige est un lit bien fait

Quant au printemps on s'en détache

Avec des ailes bien formées

Revenue de la mort revenue de la vie

Je passe de juin à décembre

Par un miroir indifférent

Tout au creux de la vue

Comme une femme solitaire

Resterai-je ici-bas

Aurai-je un jour réponse à tout

Et réponse à personne

(......)

Tout se vide et se remplit

Au rythme de l'infini

Et disons la vérité

La jeunesse est un trésor

La vieillesse est un trésor

L'océan est un trésor

Et la terre est une mine

L'hiver est une fourrure

L'été une boisson fraîche

Et l'automne un lait d'accueil

Quant au printemps c'est l'aube

Et la bouche c'est l'aube

Et les yeux immortels

Ont la forme de tout

Nous deux toi toute nue

Moi tel que j'ai vécu

Toi la source du sang

Et moi les mains ouvertes

Comme des yeux

Nous deux nous ne vivons que pour être fidèles

A la vie

....

시인의 임무*

기유빅*에게.

VI

나는 내가 사랑하는 사람들의 쌍둥이 형제다
본래 그들의 분신이자 그들의 진실에 대한
가장 좋은 증거다 나는 나를 입증하기 위해
내가 선택했던 사람들의 긍지를 지킨다

그들은 매우 많다 그들은 셀 수 없이 많다
그들은 그들을 위한 길과 나를 위한 길을 향해 걸어간다
그들은 내 이름을 갖고 있고 나는 그들의 이름을 갖고 있다
우리는 한 나무에 달린 닮은 열매들이다

자연보다 그리고 모든 증거보다 더 위대한

VII

내가 그렇게 말하기 때문에
나는 내 욕망들이 옳다는 걸 안다
나는 우리가 진흙탕에
빠지는 걸 원치 않는다
나는 태양이 우리의 고통을
어루만져 주기를 우리에게 생기를 주기를
현기증 나도록 원한다
나는 우리의 손과 우리의 눈이
공포에서 되돌려져 순수하게 열리기를 바란다

내가 그렇게 말하기 때문에
나는 내 분노가 옳다는 걸 안다
하늘은 짓밟혔고 인간의 살은
조각났으며
얼어붙고 능욕당하고 찢겨졌다

나는 육체에 정의를 되돌려 주기를
자비심 없는 정의를 원한다
학대자들 우리 중에서 근본 없는 그 우두머리들의
뺨을 누가 보기 좋게 후려쳐 주기를 원한다

내가 그렇게 말하기 때문에
내 절망이 그른 것임을 나는 안다
나와 비슷한
사람들을 만들어 낼
부드러운 배(腹)는 어디에나 있다
내 자부심은 틀리지 않았다
낡은 세계는 나를 해치지 못한다 나는 자유롭다
나는 왕의 아들이 아니다 나는 누군가 쓰러뜨리려 했기에
우뚝 서 있는 사람이다

Le travail du poète
시인의 임무

à Guillevic.

VI

Je suis le jumeau des êtres que j'aime

Leur double en nature la meilleure preuve

De leur vérité je sauve la face

De ceux que j'ai choisis pour me justifier

Ils sont très nombreux ils sont innombrables

Ils vont par les rues pour eux et pour moi

Ils portent mon nom je porte le leur

Nous sommes les fruits semblables d'un arbre

Plus grand que nature et que toutes les preuves

VII

Je sais parce que je le dis
 Que mes désirs ont raison
Je ne veux pas que nous passions
 A la boue
Je veux que le soleil agisse
 Sur nos douleurs qu'il nous anime
 Vertigineusement
Je veux que nos mains et nos yeux
 Reviennent de l'horreur ouvertes pures

Je sais parce que je le dis
 Que ma colère a raison
 Le ciel a été foulé la chair de l'homme
 A été mise en pièces
 Glacée soumise dispersée

Je veux qu'on lui rende justice
 Une justice sans pitié
 Et que l'on frappe en plein visage les bourreaux
 Les maîtres sans racines parmi nous

Je sais parce que je le dis

Que mon désespoir a tort

Il y a partout des ventres tendres

Pour inventer des hommes

Pareils à moi

Mon orgueil n'a pas tort

Le monde ancien ne peut me toucher je suis libre

Je ne suis pas un fils de roi je suis un homme

Debout qu'on a voulu abattre

『지속하는 것에 대한 고집스러운 욕망』

Le dur désir de durer, 1946

마르크 샤갈'에게

당나귀 또는 암소 수탉 또는 말
바이올린의 가죽까지
남자 가수 단 하나의 새
아내와 함께 춤추는 날쌘 춤꾼

봄에 흠뻑 젖은 연인

푸른 불꽃에 의해 갈라진
풀잎의 황금 하늘의 납
이슬의 건강함으로

피는 무지갯빛으로 빛난다 심장은 소리 내 울린다

연인 첫 번째 반영이여

그리고 눈 쌓인 지하에서
풍성한 포도 넝쿨이
밤에 결코 잠들지 않았던
달의 입술을 지닌 얼굴 하나를 그려 낸다.

À Marc Chagall
마르크 샤갈에게

Âne ou vache coq ou cheval

Jusqu'à la peau d'un violon

Homme chanteur un seul oiseau

Danseur agile avec sa femme

Couple trempé dans son printemps

L'or de l'herbe le plomb du ciel

Séparés par les flammes bleues

De la santé de la rosée

Le sang s'irise le cœur tinte

Un couple le premier reflet

Et dans un souterrain de neige

La vigne opulente dessine

Un visage aux lèvres de lune

Qui n'a jamais dormi la nuit.

사랑의 질서와 무질서

나는 원소들로부터 출발하기 위해 낭송하리라
네 목소리 네 눈 네 손 네 입술을

나는 땅 위에 있다 만일 네가 거기에 없다면
내가 거기에 있을 수 있을까

바닷물과 민물과
마주한 욕조 안에서

불꽃이 우리의 눈 속에 지은
욕조 안에서

네 손의 미덕 때문에
네 입술의 은총 때문에
내가 그 안으로 들어갔던
행복한 눈물의 욕조여

태어나는 풀밭과 같은

인간의 첫 상태여

우리의 침묵 우리의 말
사라져 버린 빛
되돌아오는 빛
새벽과 저녁은 우리를 웃게 만든다

우리 육체의 한가운데서
모든 것은 꽃 피고 익어 간다

내가 삶을 마감하여
내 늙은 뼈를 누이는

네 삶의 건초 위에서.

Ordre et désordre de l'amour

사랑의 질서와 무질서

Je citerai pour commencer les éléments

Ta voix tes yeux tes mains tes lèvres

Je suis sur terre y serais-je

Si tu n'y étais aussi

Dans ce bain qui fait face

A la mer à l'eau douce

Dans ce bain que la flamme

A construit dans nos yeux

Ce bain de larmes heureuses

Dans lequel je suis entré

Par la vertu de tes mains

Par la grâce de tes lèvres

Ce premier état humain

Comme une prairie naissante

Nos silences nos paroles
La lumière qui s'en va
La lumière qui revient
L'aube et le soir nous font rire

Au cœur de notre corps
Tout fleurit et mûrit

Sur la paille de ta vie
Où je couche mes vieux os

Où je finis.

우리는 잘 때조차

우리는 잘 때조차 서로를 지켜보고
이 사랑은 호수의 익은 과일보다 더 묵직하여
웃지도 않고 울지도 않고 영원히 지속되지
하루 지나면 또 하루 하룻밤 지나면 또 우리.

Même quand nous dormons
우리는 잘 때조차

Même quand nous dormons nous veillons l'un sur l'autre

Et cet amour plus lourd que le fruit mûr d'un lac

Sans rire et sans pleurer dure depuis toujours

Un jour après un jour une nuit après nous.

우리의 움직임

우리는 우리의 변신을 잊고 산다
낮은 게으르나 밤은 활동적이다
대낮의 맑은 공기 밤은 그걸 걸러서 사용한다
밤은 우리 위로 먼지를 뿌리지 않는다

그러나 낮 동안 굴러다니던 이 메아리
고뇌의 또는 애무의 영원한 이 메아리
무의미한 세계와 민감한 세계의
이 야만적인 연속 그 태양은 두 개다

우리는 우리의 한계 우리의 뿌리 우리의 목적이 자리한
우리의 의식과 가까운가 아니면 먼가

그러나 해골이 썩은 벽 속에서 되살아나는
우리의 변신이 주는 긴 쾌락
기발한 살 투시력 있는 맹인들
기묘한 형태에 주어진 만남

옆얼굴을 통해 주어진 만남
고통을 통해 건강으로 빛을 통해
숲으로 산을 통해 골짜기로
광산을 통해 꽃으로 진주를 통해 태양으로

우리는 육체를 마주하고 우리는 대지를 마주하고
우리는 어디에나 태어난다 우리에겐 한계가 없다.

Notre mouvement
우리의 움직임

Nous vivons dans l'oubli de nos métamorphoses
Le jour est paresseux mais la nuit est active
Un bol d'air à midi la nuit le filtre et l'use
La nuit ne laisse pas de poussière sur nous

Mais cet écho qui roule tout le long du jour
Cet écho hors du temps d'angoisse ou de caresses
Cet enchaînement brut des mondes insipides
Et des mondes sensibles son soleil est double

Sommes-nous près ou loin de notre conscience
Où sont nos bornes nos racines notre but

Le long plaisir pourtant de nos métamorphoses
Squelettes s'animant dans les murs pourrissants
Les rendez-vous donnés aux formes insensées
A la chair ingénieuse aux aveugles voyants

Les rendez-vous donnés par la face au profil

Par la souffrance à la santé par la lumière

A la forêt par la montagne à la vallée

Par la mine à la fleur par la perle au soleil

Nous sommes corps à corps nous sommes terre à terre

Nous naissons de partout nous sommes sans limites.

『시간이 흘러넘친다』

Le temps déborde, 1947

도취

불 앞에 선 아이처럼
이 여성의 풍경 앞에 나 서 있네
모호하게 웃음 지으며 눈가에 눈물이 맺혀 있는
이 풍경 앞에서 모든 것은 내 마음을 휘저어 놓네
계절마다 벌거벗은 두 육체를 비추며
그곳에서 거울들은 흐려지고 그곳에서 거울들은 빛나네

길 없는 이 대지 위에서 지평선 없는 이 하늘 아래서
나는 수많은 이유로 길을 잃네
어제는 몰랐던

그리고 앞으로도 결코 잊지 못할 아름다운 이유들이여
시선의 아름다운 열쇠 그녀의 딸들인 열쇠
이 풍경 앞에서 자연은 나의 것

불 첫 번째 불 앞에서
정당한 이유가 되는 애인이여
알려진 별이여
그리고 대지 위에서 하늘 아래서 내 심장 밖에서 그리고 내 심
장 안에서
바다가 제 날개로 뒤덮는
두 번째 새싹 첫 번째 초록빛 이파리여
그리고 우리에게서 나온 모든 것의 끝에 있는 태양이여

불 속에 던져진 나뭇가지처럼
이 여성의 풍경 앞에 나 서 있네.

L'extase

도취

Je suis devant ce paysage féminin

Comme un enfant devant le feu

Souriant vaguement et les larmes aux yeux

Devant ce paysage où tout remue en moi

Où des miroirs s'embuent où des miroirs s'éclairent

Reflétant deux corps nus saison contre saison

J'ai tant de raisons de me perdre

Sur cette terre sans chemins et sous ce ciel sans horizon

Belles raisons que j'ignorais hier

Et que je n'oublierai jamais

Belles clés des regards clés filles d'elles-mêmes

Devant ce paysage où la nature est mienne

Devant le feu le premier feu

Bonne raison maîtresse

Etoile identifiée

Et sur la terre et sous le ciel hors de mon cœur et dans mon cœur

    Second bourgeon première feuille verte

    Que la mer couvre de ses ailes

    Et le soleil au bout de tout venant de nous

    Je suis devant ce paysage féminin

    Comme une branche dans le feu.

『기억에 남는 육체』
Corps mémorable, 1947, 1948 (개정판)

해와 달 사이에서

나는 네게 말하지, 우아하고 빛나는 사람이여,
네 나체는 어린아이와 같은 내 눈을 핥는다고.
조약돌의 그림자가 드리워진 씨앗처럼
물이 없는 꽃병 안에서 팽창하는
투명한 사냥감이 늘어나는 것을 보는 건
행복한 사냥꾼들의 황홀.

나는 네 벗은 모습을 보고 있지, 매듭진 아라베스크 장식이여,
회전할 때마다 물렁거리는 시곗바늘이여,
엮인 광선, 내 쾌락의 이 매듭을,
태양이 온종일 펼쳐 놓고 있네.

350

Entre la lune et le soleil

해와 달 사이에서

Je te le dis, gracieuse et lumineuse,

Ta nudité lèche mes yeux d'enfant.

Et c'est l'extase des chasseurs heureux

D'avoir fait croître un gibier transparent

Qui se dilate en un vase sans eau

Comme une graine à l'ombre d'un caillou.

Je te vois nue, arabesque nouée,

Aiguille molle à chaque tour d'horloge,

Soleil étale au long d'une journée,

Rayons tressés, nattes de mes plaisirs.

혼자서 둘이서, 여럿이서

나는 관객이고 배우며 작가다,
나는 아내고 그의 남편이며 그들의 아이다,
첫사랑이자 끝사랑이고,
스쳐 지나가는 행인이자 황송해하는 사랑이다.

그리고 다시 여인이고 그녀의 침대며 그녀의 옷이고,
그녀와 나누어 가진 팔이고 남자의 일이며,
그의 화살 같은 쾌락이고 여성스러운 감동이다.
하나기도 하고 둘이기도 한, 내 살은 결코 유배되지 않는다.

왜냐하면 하나의 몸이 시작되는 곳에, 나는 형체와 의식을 지
니고 있기 때문이다.
하여 하나의 몸이 죽음 속에 소멸될지라도,
나는 그 용광로 속에 누워, 그 육체적 고통을 받아들이며,
그 불명예는 내 가슴과 생명을 영예롭게 한다.

D'un et de deux, de tous
혼자서 둘이서, 여럿이서

Je suis le spectateur et l'acteur et l'auteur,

Je suis la femme et son mari et leur enfant,

Et le premier amour et le dernier amour,

Et le passant furtif et l'amour confondu.

Et de nouveau la femme et son lit et sa robe,

Et ses bras partagés et le travail de l'homme,

Et son plaisir en flèche et la houle femelle.

Simple et double, ma chair n'est jamais en exil.

Car, où commence un corps, je prends forme et conscience.

Et, même quand un corps se défait dans la mort,

Je gis en son creuset, j'épouse son tourment,

Son infamie honore et mon cœur et la vie.

고집스러운 잠이 찾아올 무렵의
리허설

눈, 착란적인 공간과 빛의 힘으로,
눈은 살아가게 하고 저 멀리 납처럼 무거운 몸이 흘러간다.

입술의 배는 혀의 힘으로 움직인다.
온통 젖어, 말문이 막힌, 혀는 강물을 비춘다.

커다란 손은 자신의 힘을 알지 못하고
자신의 이삭은 수확물로 살갗을 뒤덮는다.

번개의 손가락, 금빛 애무, 황갈색 장식들.
손바닥 안에서, 젖가슴과 엉덩이가 저항한다.

눈 사이에 드리운 밤으로부터, 다리 사이에 있는 낮으로부터,
그것은 한순간에 불타오르는 동일한 궁전,

그것은 폭풍우를 일으키고 허리를 찢는
엉뚱한 보물, 다이아몬드의 물결.

그것은 처음으로 여성의 하늘 아래
일치된 혀와 무지한 손.

그리고 폭풍우를 규정짓는 몸의 중심이,
우리의 삶을 가늠하기 위해 올바르게 움직인다,

그것은 너, 그것은 나, 우리는 우리의 꿈속에서 쌍둥이다.

Répétitions
tout près du sommeil exigeant
고집스러운 잠이 찾아올 무렵의
리허설

L'œil, à force d'espace et d'éclat délirants,
L'œil fait vivre et plus loin le plomb du corps s'écoule.

La barque de la bouche est menée par la langue;
Muette, tout humide, elle éclaire les flots.

Les larges mains ne savent rien de leur pouvoir
Et leurs épis jonchent la peau de la moisson.

Doigts des éclairs, caresses d'or, broderies fauves;
Dans les paumes, les seins et les fesses s'insurgent.

De nuit entre les yeux, de jour entre les jambes,
C'est le même palais qui flambe en un instant,

C'est un trésor absurde, un flot de diamants
Qui provoque l'orage et déchire les reins.

C'est la main ignorante et la langue accordée

Pour la première fois sous un ciel féminin.

Et le milieu du corps définissant l'orage,

Balance de raison pour peser notre vie,

C'est toi, c'est moi, nous sommes doubles dans nos songes.

그런데 그녀

그녀는 자기 형태를 통해서만 살아간다
그녀는 바위의 형태를 지니고 있다
그녀는 바다의 형태를 지니고 있다
그녀는 뱃사공의 근육을 지니고 있다
온갖 기슭이 그녀를 빚어낸다

그녀의 손은 별 위로 열리고
그녀의 눈은 태양을 가린다
씻긴 물 타는 불
새벽과 석양을 혼합한
깊은 고요 창조된 고요

그 깊이를 알고 있었기에
나는 사랑의 형태를 사용한다
그녀는 결코 똑같지 않다
나는 스스로 지우고 스스로 변화하는
배와 이마를 사용한다

서늘한 계절 뜨거운 약속
그녀는 꽃들의 차원에
시간의 차원에 빛깔의 차원에
강함과 약함의 단계에 있다
그녀는 내 의식불명 상태다

그러나 나는 그녀의 겨울을 거부한다.

Mais elle
그런데 그녀

Elle ne vit que par sa forme

Elle a la forme d'un rocher

Elle a la forme de la mer

Elle a les muscles du rameur

Tous les rivages la modèlent

Ses mains s'ouvrent sur une étoile

Et ses yeux cachent le soleil

Une eau lavée le feu brûlé

Calme profond calme créé

Incarnant l'aube et le couchant

Pour en avoir connu le fond

Je sers la forme de l'amour

Elle ce n'est jamais la même

Je sers des ventres et des fronts

Qui s'effacent et se transforment

Fraîche saison promesse chaude

Elle est à l'échelle des fleurs

Et des heures et des couleurs

Niveau de force et de faiblesse

Elle est ma perte de conscience

Mais je refuse son hiver.

젊음이 젊음을 낳는다

나는 아이와 같았고
어른과도 같았지
나는 어른의 욕망으로
'이다' 동사와 내 젊음을
열정적으로 동사 변형했지

젊을 때는
작은 어른을 꿈꾸곤 하지
나는 내가 큰 아이기를 바라네
어른보다 더 강하고 더 올바른
그리고 아이보다 더 냉철한

젊음 우애의 힘
피는 봄을 되풀이해 부르네
새벽은 모든 나이에 찾아오지
용기로 빛나는 문은
모든 나이에 열려 있네

사랑의 대화처럼
심장은 단 하나의 입술만을 갖고 있지.

Jeunesse engendre la jeunesse
젊음이 젊음을 낳는다

J'ai été comme un enfant

Et comme un homme

J'ai conjugué passionnément

Le verbe être et ma jeunesse

Avec le désir d'être homme

On se veut quand on est jeune

Un petit homme

Je me voudrais un grand enfant

Plus fort et plus juste qu'un homme

Et plus lucide qu'un enfant

Jeunesse force fraternelle

Le sang répète le printemps

L'aurore apparaît à tout âge

A tout âge s'ouvre la porte

Etincelante du courage

Comme un dialogue d'amoureux

Le cœur n'a qu'une seule bouche.

일 파운드의 살

나는 허공 속의 한 남자
검은 침묵의 거대한 초석 위에 놓인
농인 맹인 아자(啞者)

전무(全無) 끝없는 이런 망각
반복되는 영(零)의 이런 절대적 상태
채워진 고독

낮은 때 묻지 않고 밤은 순수하다

*

이따금씩 나는 네 신발을 신고
너에게로 걸어간다

이따금씩 나는 네 치마를 입고
네 젖가슴과 네 배를 갖는다

그러면 나는 네 가면 아래에서 나를 보고
나는 나를 인식한다.

Une livre de chair

일 파운드의 살

Je suis un homme dans le vide

Un sourd un aveugle un muet

Sur un immense socle de silence noir

Rien cet oubli sans bornes

Cet absolu d'un zéro répété

La solitude complétée

Le jour est sans tache et la nuit est pure

*

Parfois je prends tes sandales

Et je marche vers toi

Parfois je revêts ta robe

Et j'ai tes seins et j'ai ton ventre

Alors je me vois sous ton masque

Et je me reconnais.

나는 꿈속에서 말하네

우리 도시의 핏줄 속에는
선량한 사람들이 누워 있었지
사랑으로 아이들로 이어진
수정 구슬처럼 현명한 사람들

우리 눈의 모든 길 위에는
성스러운 여자들이 줄지어 있었지
순결한 또는 부드러움과 무거움으로 기워 있는
신부의 베일처럼

나는 꿈속에서 말하네 나는 전하네
커다란 휴식의 짧은 순간을
불가능한 것은 아무것도 없는 시간을
살과 넘쳐 나는 꿀을

천사의 미소는 실재한다.

Je parle en rêve
나는 꿈속에서 말하네

Dans les veines de notre ville

S'allongeaient de bons diables d'hommes

Un chapelet d'amours d'enfants

Et sages comme des cristaux

Sur tous les chemins de nos yeux

S'étalaient des femmes sacrées

Comme des voiles de mariées

Intacts ou rapiécés onctueux et pesants

Je parle en rêve et je transmets

Le court moment du grand repos

Le temps où rien n'est impossible

La chair en plus le miel en trop

Sourire aux anges est réel.

『오늘날의 두 시인』

Deux poètes d'aujourd'hui, 1947

"시는 실질적인 진실을 목적으로 삼아야 한다"

고집스러운 내 친구들에게.

만일 내가 숲속 태양이
침대로 향한 배(腹)와 같다고 그대들에게 말한다면
그대들은 나를 믿고 그대들은 내 모든 욕망을 인정하지

만일 내가 비 오는 날의 크리스털이
사랑의 게으름 속에서 항상 울린다고 그대들에게 말하면
그대들은 나를 믿고 그대들은 사랑의 시간을 연장하지

만일 내가 내 침대의 가지 위에
한 번도 긍정적으로 말하지 않은 새 한 마리가 둥지를 튼다고
그대들에게 말하면
그대들은 나를 믿고 그대들은 내 근심을 함께 나누지

만일 내가 샘의 만(灣) 속에서
녹음을 여는 강의 열쇠를 돌린다고 그대들에게 말하면
그대들은 그대들이 이해한 것 이상으로 여전히 나를 믿지

허나 만일 내가 솔직하게 나의 모든 길을 노래하고
끝없는 길과 같은 내 모든 나라를 노래한다면
그대들은 더 이상 나를 믿지 않고 그대들은 사막으로 가네

왜냐하면 그대들은 목적 없이 걷고 있기에 인간들은
세상을 설명하기 위해 세상을 변화시키기 위해
연합하여 싸우기를 희망할 필요가 있다는 것을 알지 못한 채

내 심장의 단 한 걸음으로 나 그대들을 인도하리라
나는 힘없는 자 나는 살아왔고 나는 여전히 살고 있지
허나 나는 말하고 있는 것에 놀라지 그대들을 매혹시키기 위해
내가 그대들을 해방시키고자 할 때
미역과 새벽의 등나무와 더불어
자신들의 빛을 만드는 우리 형제들과 그대들을 결합시키기 위해.

"La poésie doit avoir pour but la vérité pratique"
"시는 실질적인 진실을 목적으로 삼아야 한다"

à mes amis exigeants.

Si je vous dis que le soleil dans la forêt
Est comme un ventre qui se donne dans un lit
Vous me croyez vous approuvez tous mes désirs

Si je vous dis que le cristal d'un jour de pluie
Sonne toujours dans la paresse de l'amour
Vous me croyez vous allongez le temps d'aimer

Si je vous dis que sur les branches de mon lit
Fait son nid un oiseau qui ne dit jamais oui
Vous me croyez vous partagez mon inquiétude

Si je vous dis que dans le golfe d'une source
Tourne la clé d'un fleuve entr'ouvrant la verdure
Vous me croyez encore plus vous comprenez

Mais si je chante sans détours ma rue entière

Et mon pays entier comme une rue sans fin

Vous ne me croyez plus vous allez au désert

Car vous marchez sans but sans savoir que les hommes

Ont besoin d'être unis d'espérer de lutter

Pour expliquer le monde et pour le transformer

D'un seul pas de mon cœur je vous entraînerai

Je suis sans forces j'ai vécu je vis encore

Mais je m'étonne de parler pour vous ravir

Quand je voudrais vous libérer pour vous confondre

Aussi bien avec l'algue et le jonc de l'aurore

Qu'avec nos frères qui construisent leur lumière.

『시각의 내부에서 볼 수 있는 시 8편』

À l'intérieur de la vue 8 *poèmes visibles*, 1948

첫 번째 볼 수 있는 시

생각에 잠긴 채 창백한 그녀가 말했다
나는 그대들의 웃음의 샘을 보고 있어
그건 쉽지
그대들은 순수하니까

벌거벗은 마음의 시절과
매일 저녁 키스하는 시절에는
높게 자란 풀 개양귀비
보리수가 벽에서 튀어나오고

나는 그대들의 웃음의 샘을 보고 있어
그대의 갑옷을 방해하는

단순한 움직임 속에서
잿빛 협곡과 붉은 지붕들

그리고 그대들은 천천히 지나가지
작은 돌다리 위를
그리고 그대들의 뒤섞인 그림자는
온통 사랑의 밤이어라

나는 그대들의 웃음의 샘을 보고 있어
그대들 천장의 손잡이에서
그대들 침대의 소용돌이에서
그대들 방의 창문에서

나는 내 눈물의 샘을 보고 있어.

Le premier poème visible
첫 번째 볼 수 있는 시

Pensive et pâle elle disait

Je vois la source de vos rires

Et c'est facile

Car vous êtes innocents

Hautes herbes coquelicots

Tilleuls débordant du mur

A l'époque du cœur nu

Et des baisers chaque soir

Je vois la source de vos rires

Dans le simple mouvement

Qui dérange votre armure

Gorge grise et tuiles rouges

Et vous passez lentement

Sur un petit pont de pierre

Et vos ombres confondues

Sont toute une nuit d'amour

Je vois la source de vos rires
Au levier de votre plafond
Au tourbillon de votre lit
Aux fenêtres de votre chambre

Je vois la source de mes larmes.

다섯 번째 볼 수 있는 시

나는 여러 해(年)와
계절의 수많은 이미지 속에서 산다
나는 형태와 색깔과 몸짓과 말의
레이스 안에 있는
삶의 수많은 이미지 속에서 산다
놀라운 아름다움 속에서
흔한 추함 속에서
생각의 신선함과 욕망의 뜨거움을 안은 빛 속에서
나는 비참함과 슬픔 속에서 산다 그리고 나는 저항한다
죽음에도 불구하고 나는 산다

나는 어둡고도 투명한
가늘어지며 타오르는 강물 속에서 산다
눈과 눈꺼풀의 강물
바람 없는 숲속에서 평화로운 풀밭 속에서
멀리 잃어버린 하늘과 연결된 바다를 향해
나는 어떤 석화된 민족의 사막 속에서 산다
고독한 사람이 가득한 곳에서

그리고 되찾은 내 형제들 속에서
나는 기근과 풍요 속에서
낮의 혼란과 밤의 질서 속에서 동시에 산다

나는 삶을 책임진다 나는 오늘을 책임진다
그리고 내일도
한계와 넓이 위에서
불 위에서 연기 위에서
이성 위에서 광기 위에서
죽음 속에서 살고 있지만 죽음의 무수한 이미지보다
더 비현실적인 땅 위에서 살고 있지만
나는 땅 위에 있고 모든 것은 나와 함께 땅 위에 있다
별들은 내 눈 속에 있고 나는 신비로움을 낳는다
넉넉한 땅에 알맞도록

기억과 희망은 신비로움에 한계를 두지 않는다
다만 내일과 오늘의 삶을 만들어 낼 뿐.

Le cinquième poème visible
다섯 번째 볼 수 있는 시

Je vis dans les images innombrables des saisons

Et des années

Je vis dans les images innombrables de la vie

Dans la dentelle

Des formes des couleurs des gestes des paroles

Dans la beauté surprise

Dans la laideur commune

Dans la clarté fraîche aux pensées chaude aux désirs

Je vis dans la misère et la tristesse et je résiste

Je vis malgré la mort

Je vis dans la rivière atténuée et flamboyante

Sombre et limpide

Rivière d'yeux et de paupières

Dans la forêt sans air dans la prairie béate

Vers une mer au loin nouée au ciel perdu

Je vis dans le désert d'un peuple pétrifié

Dans le fourmillement de l'homme solitaire

Et dans mes frères retrouvés

Je vis en même temps dans la famine et l'abondance

Dans le désarroi du jour et dans l'ordre des ténèbres

Je réponds de la vie je réponds d'aujourd'hui

Et de demain

Sur la limite et l'étendue

Sur le feu et sur la fumée

Sur la raison sur la folie

Malgré la mort malgré la terre moins réelle

Sur les images innombrables de la mort

Je suis sur terre et tout est sur terre avec moi

Les étoiles sont dans mes yeux j'enfante les mystères

A la mesure de la terre suffisante

La mémoire et l'espoir n'ont pas pour bornes les mystères

Mais de fonder la vie de demain d'aujourd'hui.

『보다』
Voir, 1948

빛과 빵으로부터'

IV

땅의 한가운데에 있는 그리고 풀숲 속에 있는
땅속에 있는 암흑 속에 있는 물
밤으로부터 깊은 밤으로부터
인간을 차지했던 땅

새벽의
그리고 불 켜진 아침의
부드러운 길 위에 있는 물

빛의 사거리에 놓인
투명한 돌 안의 물

빛나는 눈동자들이
제 눈꺼풀 아래에서 드러난다

그리고 나는 기어간다 신기루 쪽으로
사라진 별들 쪽으로
강철과 호박으로 된 모래들 쪽으로

나는 유리잔을 잡는다 그것은
내 두 손의 창공이다 한 손은
꺼지지 않는 빛 위에서 멈추어 있고
다른 손 안에서는 태양이 울린다

삼켜진 빛
삼켜진 갈증 먼지
그리고 색채의 회한이여.

De la lumière et du pain
빛과 빵으로부터

IV

L'eau dans la terre dans le noir
Au cœur de la terre et dans l'herbe
De nuit de nuit profonde
La terre ayant gagné l'homme

L'eau dans l'aurore
Et sur les routes molles
Du matin prenant feu

L'eau dans la pierre transparente
Aux carrefours de la clarté

Des prunelles éblouissantes
Sont visibles sous ses paupières

Et je rampe vers des mirages

Vers des étoiles disparues
Vers des sables d'acier et d'ambre

Je tiens un verre c'est l'azur
De mes deux mains l'une est fermée
Sur la lumière inextinguible
Et dans l'autre le soleil tinte

Étincelles englouties
Soifs englouties poussière
Et remords des couleurs.

사랑의 힘에 대해 말한다

내 온갖 고통 사이에 죽음과 나 사이에
내 절망과 살아갈 이유 사이에
내가 용납할 수 없는 불의와
인간의 불행이 있다 나의 분노가 있다

스페인의 핏빛을 지닌 마키들*이 있다
그리스의 하늘 빛깔을 지닌 마키들이 있다
악을 증오하는 모든 무고한 사람을 위한
빵 피 하늘 그리고 희망에 대한 권리가 있다

언제나 있는 빛은 곧 꺼지려 하고
언제나 있는 삶은 거름 더미가 되려 하지만
끝나지 않았던 봄이 다시 태어난다
새싹이 어둠 속에서 솟아나고 온기가 퍼진다

그리고 온기는 이기주의자들을 이겨 내리라
그들의 퇴화된 감각이 온기에 저항하지 못하리라
나는 냉담함을 비웃으며 불이 말하는 소리를 듣는다
나는 고통스럽지 않았다고 누군가 말하는 소리를 듣는다

내 살로 이뤄진 너 그 섬세한 의식이여
내가 영원히 사랑하는 너 나를 만들어 준 너
너는 억압도 불의도 참지 않았다
너는 대지 위의 행복을 꿈꾸며 노래했다

너는 자유롭기를 꿈꾸었고 나는 너를 계승한다.

Dit de la force de l'amour
사랑의 힘에 대해 말한다

Entre tous mes tourments entre la mort et moi

Entre mon désespoir et la raison de vivre

Il y a l'injustice et ce malheur des hommes

Que je ne peux admettre il y a ma colère

Il y a les maquis couleur de sang d'Espagne

Il y a les maquis couleur du ciel de Grèce

Le pain le sang le ciel et le droit à l'espoir

Pour tous les innocents qui haïssent le mal

La lumière toujours est tout près de s'éteindre

La vie toujours s'apprête à devenir fumier

Mais le printemps renaît qui n'en a pas fini

Un bourgeon sort du noir et la chaleur s'installe

Et la chaleur aura raison des égoïstes

Leurs sens atrophiés n'y résisteront pas

J'entends le feu parler en riant de tiédeur

J'entends un homme dire qu'il n'a pas souffert

Toi qui fus de ma chair la conscience sensible
Toi que j'aime à jamais toi qui m'as inventé
Tu ne supportais pas l'oppression ni l'injure
Tu chantais en rêvant le bonheur sur la terre

Tu rêvais d'être libre et je te continue.

『투시도 알베르 플로콩의 판화에 관한 시』[*]

Perspectives Poèmes sur gravures de Albert Flocon, 1948

I[*]

나는 엮고 나는 풀어낸다 나는 주고 나는 거부한다
나는 창조하고 나는 무너뜨린다 나는 숭배하고 나는 처벌한다
생각은 나의 꽃 나는 어루만지고 나는 씨앗을 뿌린다
나는 내 손가락으로 본다 나는 만지고 나는 이해한다.

I

Je noue et je délie je donne et je refuse

Je crée et je détruis j'adore et je punis

Ma fleur est la pensée je caresse et je sème

Je vois avec mes doigts je touche et je comprends.

제5부: 1950년대

빛깔들의 언어

나는 그대들을 알고 있지 남성들과 여성들의 빛깔들을
신선한 꽃 썩은 과일 일그러진 후광
프리즘 음악가 안개 밤의 아들
빛깔들 그리고 모든 것은 내게 눈을 크게 연 밝은 빛이네
빛깔들 그리고 모든 것은 나를 울게 하는 잿빛이네

건강과 욕망과 두려움의 빛깔들
그리고 사랑의 감미로움은 미래를 약속하네
빛깔들 범죄와 광기와 반항과 용기
그리고 웃음이 행복을 사방에 풀어놓고

이따금 우리를 바보로 토해 놓는 이성

그리고 언제나 우리를 숭고하게 재창조하는 이성
세상의 길을 통해 흐르는 피의 고동
빛깔들 절망이 밤의 구덩이를 파 놓은들 무슨 소용이랴
신비로움이 뼛속까지 불면을 검게 물들여도
꿈은 아름답고 선한 빛을 만든다

내 심장의 한쪽에는 비참함이 도사리고 있다
다른 한쪽에서 나는 명확히 본다 나는 희망하고 나는 무지갯
빛을 발한다
나는 늘어나는 비옥한 몸을 비춘다
나는 싸운다 나는 살기 위해 싸움에 몰두한다
타인의 빛 속에서 나는 나의 승리를 만든다.

Le langage des couleurs
빛깔들의 언어

Je vous connais couleurs des hommes et des femmes

Fleurs fraîches fruits pourris halos décomposés

Prismes musiciens brouillards fils de la nuit

Couleurs et tout est vif qui m'ouvre grands les yeux

Couleurs et tout est gris qui me donne à pleurer

Couleurs de la santé du désir de la peur

Et la douceur d'aimer répond de l'avenir

Couleurs crime et folie et révolte et courage

Et le rire partout dénudant le bonheur

Et parfois la raison qui nous vomit stupides

Et toujours la raison qui nous recrée sublimes

Le battement du sang par les chemins du monde

Couleurs le désespoir a beau creuser la nuit

Les mystères noircir jusqu'à l'os l'insomnie

Des rêves se font jour qui sont beauté bonté

D'un côté de mon cœur la misère subsiste
De l'autre je vois clair j'espère et je m'irise
Je reflète fertile un corps qui se prolonge
Je lutte je suis ivre de lutter pour vivre
Dans la clarté d'autrui j'érige ma victoire.

먼 여행

나쁜 생각들로 가득 차 있었지만
나 녹음 짙은 곳을 향해 먼 여행을 떠났지

자연은 늘 자신의 탄생 쪽으로 향해 가 버리고
변함없는 새벽이 나를 맞이했네
새들의 무리는 풀밭 위에 깃털과 노래를 흩뿌리며
울리는 심장을 내게 열어 보여 주었지

아침의 물결들이 하나하나 몸을 일으켰고
꽃들은 정오의 빛깔을 나눠 가졌네
매우 즐거웠던 나는 상쾌하고 개운한 기분으로
사방으로 빛나며 한껏 나아갔지

솟아나는 이슬과 태양의 열매에 관해서
나는 옳았지 나는 잘 살고 있었어

왜냐하면 모든 것이 내게 어긋났을 때
나는 열정적으로 먼 여행을 떠났기 때문이지

네 어깨의 새벽으로부터 네 열쇠가 되는 눈에 이르기까지
네 입술의 밭고랑으로부터 네 손의 추수에 이르기까지
네 이마의 나라에서부터 네 젖가슴의 기후에 이르기까지
나는 내 섬세한 몸의 형태를 되살아나게 했지

내 피를 씻어 주었던 네 미소 덕분에
나는 하루의 거울을 다시 명료하게 들여다보았지
나를 세상과 이어 주었던 네 입맞춤 덕분에
나는 어린애처럼 약해졌고

어른처럼 강해졌으며 미래의 감미로운 불을 향해
내 꿈들을 펼쳐 나갈 만한 사람이 되었음을 알게 되었지.

Le grand voyage
먼 여행

Le grand voyage de verdure que j'ai fait

Malgré tant de mauvais esprits

La nature toujours s'en va vers sa naissance

Et j'ai été reçu par l'aube ressemblante

Et des légions d'oiseaux m'ouvraient leur cœur sonore

En secouant leurs plumes et leur chant sur l'herbe

Les vagues du matin se levaient une à une

Les fleurs se partageaient les couleurs de midi

J'étais très gai je me sentais frais et dispos

J'avançais en entier rayonnant de partout

Sur la rosée montante et sur les fruits solaires

J'avais raison je vivais bien

Car j'avais fait un grand voyage passionnel

Alors que tout m'était contraire

Du point du jour de ton épaule à tes yeux clés

Du sillon de ta bouche aux moissons de tes mains

Du pays de ton front au climat de ton sein

J'ai ranimé la forme de mon corps sensible

Et grâce à tes sourires qui lavaient mon sang

J'ai de nouveau vu clair dans le miroir du jour

Et grâce à tes baisers qui me liaient au monde

Je me suis retrouvé faible comme un enfant

Fort comme un homme et digne de mener mes rêves

Vers le feu doux de l'avenir.

『모든 것을 말하는 힘』

Pouvoir tout dire, 1951

올바른 정의

포도로 포도주를 만들고
석탄으로 불을 피우고
입맞춤으로 인간을 만드는 것
이것이 인간들의 따뜻한 법칙이다

전쟁과 비참함
죽음의 위험에도 불구하고
온전히 살아가는 것
이것이 인간들의 힘든 법칙이다

물을 빛으로
꿈을 현실로
적을 형제로 바꾸는 것
이것이 인간들의 유연한 법칙이다

완벽해지면서
어린아이의 가슴 깊은 곳으로부터
지고의 이성에까지 이르는
낡고도 새로운 법칙이여.

Bonne justice
올바른 정의

C'est la chaude loi des hommes
Du raisin ils font du vin
Du charbon ils font du feu
Des baisers ils font des hommes

C'est la dure loi des hommes
Se garder intact malgré
Les guerres et la misère
Malgré les dangers de mort

C'est la douce loi des hommes
De changer l'eau en lumière
Le rêve en réalité
Et les ennemis en frères

Une loi vieille et nouvelle
Qui va se perfectionnant
Du fond du cœur de l'enfant
Jusqu'à la raison suprême.

『불사조』

Le phénix, 1951

불사조

나는 네 길 위에 선 마지막 사람
마지막 봄 마지막 눈
죽지 않기 위한 마지막 전투

그리하여 우리는 그 어느 때보다 더욱 낮고 더욱 높이 있다.

*

우리의 장작더미에는 모든 것이 있다
솔방울과 포도 넝쿨이 있고
진흙과 이슬의

물보다 더 강한 꽃들이 있다.

*

불꽃은 우리의 발밑에서 타올라 우리의 머리에 불의 관을 씌
우고
우리의 발 앞에서 벌레들과 새들과 사람들은
날아오르리니

날아오르는 것은 곧 앉으리라.

*

하늘은 맑고 땅은 어둡지만
연기는 하늘로 사라지고
하늘은 모든 불꽃을 삼켜 버렸다

불꽃은 땅 위에 남아 있다.

*

불꽃은 마음의 구름이며
모든 피의 나뭇가지다
불꽃은 우리의 노래를 부르고

우리의 겨울날 서린 김을 사라지게 한다.

어둠과 공포의 근심은 불에 타 버렸고
재는 환희와 아름다움의 꽃을 피웠으며
우리는 언제나 석양에 등을 돌린다

모든 것은 새벽의 빛깔을 지닌다.

Le phénix
불사조

Je suis le dernier sur ta route

Le dernier printemps la dernière neige

Le dernier combat pour ne pas mourir

Et nous voici plus bas et plus haut que jamais.

*

Il y a de tout dans notre bûcher

Des pommes de pin des sarments

Mais aussi des fleurs plus fortes que l'eau

De la boue et de la rosée.

*

La flamme est sous nos pieds la flamme nous couronne

A nos pieds des insectes des oiseaux des hommes

Vont s'envoler

Ceux qui volent vont se poser.

*

Le ciel est clair la terre est sombre

Mais la fumée s'en va au ciel

La ciel a perdu tous ses feux

La flamme est restée sur la terre.

*

La flamme est la nuée du cœur

Et toutes les branches du sang

Elle chante notre air

Elle dissipe la buée de notre hiver.

*

Nocturne et en horreur a flambé le chagrin

Les cendres ont fleuri en joie et en beauté

Nous tournons toujours le dos au couchant

Tout a la couleur de l'aurore.

쓰다 그리다 새기다'

일곱 번의 현실
일곱 번 또 일곱 번의 진실.

I

우리는 둘이었고 태양이 비추는
사랑의 하루를 살아왔지
우리는 우리의 태양을 함께 껴안았고
삶 전체가 우리 눈에 보였지

밤이 왔을 때 우리는 그늘 없는 곳에 있었지
우리 둘의 피로 황금을 닦으면서
우리는 심장에 단 하나의 보물을 지닌 두 사람이었지
빛이 결코 잠드는 법 없는.

*

안개는 자신의 빛을
어둠의 녹음과 뒤섞네

너는 네 따스한 살결을
내 격렬한 욕망과 뒤섞네.

*

너는 너로 뒤덮이고 너는 너로 빛나고
충실한 계절들을 따라
너는 잠들고 너는 깨어나지

너는 집을 짓고
네 심장은 그걸 무르익게 하네
침대처럼 과일처럼

그리고 네 몸은 그곳에 은거하며
네 꿈은 그곳에서 영속하니
그것은 감미로운 날을 맞이하는

그리고 밤의 입맞춤을 맞이하는 집이네.

*

강물의 흐름
하늘의 성장
바람 나뭇잎 그리고 날개
시선 말(言)

그리고 내가 너를 사랑한다는 사실
모든 것은 움직임 속에 있네.

*

기쁜 소식이
오늘 아침 도착하네
네가 나를 꿈꾸어 왔었다는.

*

나는 우리의 외딴 사랑을
세상의 가장 밀집한 장소와 연결하고 싶어
우리처럼 서로 사랑하는 사람들에게
우리의 사랑이 광장을 마련할 수 있도록
그들은 수없이 많을 거야 그들은 너무나 많을 거야.

*

나는 내 심장을 짓누른다 나는 내 몸을 짓누른다
하지만 나는 내가 좋아하는 여자에게 고통을 주지 않는다.

Écrire dessiner inscrire
쓰다 그리다 새기다

Sept fois la réalité

Sept fois sept fois la vérité.

I

Nous étions deux et nous venions de vivre

Une journée d'amour ensoleillé

Notre soleil nous l'embrassions ensemble

La vie entière nous était visible

Quand la nuit vint nous restâmes sans ombre

A polir l'or de notre sang commun

Nous étions deux au cœur du seul trésor

Dont la lumière ne s'endort jamais.

*

Le brouillard mêle sa lumière

A la verdure des ténèbres

Toi tu mêles ta chair tiède

A mes désirs acharnés.

*

Tu te couvres tu t'éclaires

Tu t'endors et tu t'éveilles

Au long des saisons fidèles

Tu bâtis une maison

Et ton cœur la mûrit

Comme un lit comme un fruit

Et ton corps s'y réfugie

Et tes rêves s'y prolongent

C'est la maison des jours tendres

Et des baisers dans la nuit.

*

Les flots de la rivière

La croissance du ciel

Le vent la feuille et l'aile

Le regard la parole

Et le fait que je t'aime

Tout est en mouvement.

*

Une bonne nouvelle
Arrive ce matin
Tu as rêvé de moi.

*

Je voudrais associer notre amour solitaire
Aux lieux les plus peuplés du monde
Qu'il puisse laisser de la place
A ceux qui s'aiment comme nous
Ils sont nombreux ils sont trop peu.

*

Je m'en prends à mon cœur je m'en prends à mon corps
Mais je ne fais pas mal à celle que j'adore.

발랄한 노래

나는 앞을 바라보았지
군중 속에서 너를 보았고
밀밭 사이에서 너를 보았고
나무 아래서 너를 보았지

내 모든 여행의 끝에서
내 모든 고통의 심연에서
물과 불에서 솟아난
모든 웃음의 소용돌이 속에서

여름 겨울 너를 보았지
내 집에서 너를 보았고
내 두 팔 사이에서 너를 보았고
내 꿈속에서 너를 보았지

나 다시는 너와 헤어지지 않으리.

Air vif

발랄한 노래

J'ai regardé devant moi

Dans la foule je t'ai vue

Parmi les blé je t'ai vue

Sous un arbre je t'ai vue

Au bout de tous mes voyages

Au fond de tous mes tourments

Au tournant de tous les rires

Sortant de l'eau et du feu

L'été l'hiver je t'ai vue

Dans ma maison je t'ai vue

Entre mes bras je t'ai vue

Dans mes rêves je t'ai vue

Je ne te quitterai plus.

봄

해변에는 몇 개의 물웅덩이
숲에는 새들에 푹 빠진 나무들
산속에서 눈이 녹는다
사과나무 가지들이 수많은 꽃으로 빛나
창백한 태양이 뒷걸음친다

참 힘든 세상의 겨울 저녁을 거쳐
나는 순수한 네 곁에서 이 봄을 만끽한다
우리에게 밤이란 없다
사라지는 어느 것도 너를 붙들지 못한다
추위를 싫어하는 너를

우리의 봄은 올바른 봄이다.

Printemps

봄

Il y a sur la plage quelques flaques d'eau

Il y a dans les bois des arbres fous d'oiseaux

La neige fond dans la montagne

Les branches des pommiers brillent de tant de fleurs

Que le pâle soleil recule

C'est par un soir d'hiver dans un monde très dur

Que je vis ce printemps près de toi l'innocente

Il n'y a pas de nuit pour nous

Rien de ce qui périt n'a de prise sur toi

Et tu ne veux pas avoir froid

Notre printemps est un printemps qui a raison.

나는 그대를 사랑합니다

나는 내가 알지 못한 모든 여성을 위해 그대를 사랑합니다
나는 내가 겪어 보지 못한 모든 시간을 위해 그대를 사랑합니다
먼 바다의 냄새와 따뜻한 빵의 냄새를 위해
녹는 눈(雪)을 위해 처음 피어날 꽃들을 위해
인간이 두려워하지 않는 순한 짐승들을 위해
나는 사랑하기 위해 그대를 사랑합니다
나는 내가 사랑하지 않는 모든 여성을 위해 그대를 사랑합니다

그대가 아니면 누가 나를 비춰 주었을까요 나는 스스로를 보
지도 못하는데
그대가 없으면 나는 사막의 벌판만을 볼 뿐입니다
과거와 오늘 사이에
지푸라기 위에서 내가 건넜던 모든 죽음이 있었습니다
나는 내 거울의 벽을 뚫을 수 없었습니다
나는 삶을 한 자 한 자 배워야 했습니다
사람들이 잊는 것처럼

나는 내게 없는 그대의 지혜를 위해 그대를 사랑합니다

건강을 위해

나는 허상일 뿐인 모든 것에 저항하여 그대를 사랑합니다

내가 갖지 못한 불멸의 심장을 위해

그대는 의혹투성이라 생각하나 그대는 이치 그 자체일 뿐

내가 나 자신을 확신할 때

그대는 내 머리 위로 떠오르는 거대한 태양입니다.

Je t'aime
나는 그대를 사랑합니다

Je t'aime pour toutes les femmes que je n'ai pas connues
Je t'aime pour tous les temps où je n'ai pas vécu
Pour l'odeur du grand large et l'odeur du pain chaud
Pour la neige qui fond pour les premières fleurs
Pour les animaux purs que l'homme n'effraie pas
Je t'aime pour aimer
Je t'aime pour toutes les femmes que je n'aime pas

Qui me reflète sinon toi moi-même je me vois si peu
Sans toi je ne vois rien qu'une étendue déserte
Entre autrefois et aujourd'hui
Il y a eu toutes ces morts que j'ai franchies sur de la paille
Je n'ai pas pu percer le mur de mon miroir
Il m'a fallu apprendre mot par mot la vie
Comme on oublie

Je t'aime pour ta sagesse qui n'est pas la mienne
Pour la santé

Je t'aime contre tout ce qui n'est qu'illusion

Pour ce cœur immortel que je ne détiens pas

Tu crois être le doute et tu n'es que raison

Tu es le grand soleil qui me monte à la tête

Quand je suis sûr de moi.

확신

만일 내가 네게 말한다면 그건 네 말을 더 잘 듣기 위함이고
만일 내가 네 말을 듣는다면 나는 확실히 그걸 이해하지

만일 네가 웃는다면 그건 나를 온전히 사로잡기 위함이고
만일 네가 웃는다면 나는 온 세상을 보네

만일 내가 너를 안는다면 그건 나를 지속하기 위함이고
만일 우리가 함께 산다면 모든 게 기쁨이 되리

만일 내가 너를 떠난다면 우리는 서로 기억할 것이고
우리가 헤어진다 해도 우리는 다시 만나리.

Certitude
확신

Si je te parle c'est pour mieux t'entendre

Si je t'entends je suis sûr de comprendre

Si tu souris c'est pour mieux m'envahir

Si tu souris je vois le monde entier

Si je t'étreins c'est pour me continuer

Si nous vivons tout sera à plaisir

Si je te quitte nous nous souviendrons

Et nous quittant nous nous retrouverons.

죽음 사랑 삶

그 어떤 접촉도 메아리도 없이 완전히 헐벗은 내 슬픔으로
나는 깊이와 광대함을 무너뜨릴 수 있을 것만 같았네
나는 아무도 손대지 않은 문이 달린 내 감옥 안에 누워 있었지
죽는 법을 알고 있는 현명한 망자처럼
자신의 무(無)라는 화관만을 쓴 망자처럼
나는 잿더미가 된 사랑을 빨아들인 독기로 가득한
부조리한 파도 위에 누워 있었지
내게는 고독이 피보다 더 생생하게 느껴졌네

나는 생을 해체하고 싶었어
나는 죽음을 죽음으로 함께하고 싶었고
내 마음을 허공으로, 허공을 삶으로 돌려놓고 싶었어
유리창도 수증기도 남기지 않고
앞이나 뒤나 어디에나 흔적 없이 모든 것을 지우고 싶었어
예전에 나는 손을 포개 얼음을 녹였었는데
예전에 나는 삶의 맹세를 무력화하는
겨울의 뼈를 없앴었는데.

네가 오니 그제야 불이 되살아났어
어둠은 사라져 차가운 땅에 별이 빛났고
땅은 네 투명한 살결로 뒤덮였지
나는 가벼워진 나를 느꼈어
네가 오니 고독은 사라졌네
대지의 안내인을 얻은 나는 앞으로 나아갈 수 있었고
내가 궤도를 이탈하리라는 걸 알고 있었지
나는 나아갔어 나는 공간과 시간을 얻었네

나는 네게로 갔어 나는 끝없이 빛을 향해 갔어
삶은 육체를 얻었고 희망은 나래를 폈네
잠은 꿈으로부터 흘러나왔고 밤은
새벽에 신뢰의 눈빛을 약속했지
네 두 팔의 빛은 안개를 걷어 냈고
네 입술은 첫 이슬들로 적셔졌네
찬란한 휴식은 피로를 몰아냈고
나는 내 최초의 나날들처럼 사랑을 경배하였네.

밭은 경작되고 공장들은 빛나며
밀은 거대한 물결 속에서 둥지를 트네
추수와 포도 수확의 수많은 목격자가 있고
아무것도 혼자이거나 유일한 것은 없지

바다는 하늘이나 밤의 눈 안에 있네
숲은 나무들에게 안전을 보장해 주고
집의 벽은 같은 살갗을 지니며
길은 항상 만나지

인간들은 화합하기 위해
서로 이해하고 서로 사랑하기 위해 태어나
아이들을 낳네 그들은 인간들의 아버지가 될 것이고
아무런 연고도 없는 아이들은
인간들과
자연과 그들의 조국을
모든 사람의 조국으로
모든 시대의 조국으로 다시 창조하리.

La mort l'amour la vie
죽음 사랑 삶

J'ai cru pouvoir briser la profondeur l'immensité

Par mon chagrin tout nu sans contact sans écho

Je me suis étendu dans ma prison aux portes vierges

Comme un mort raisonnable qui a su mourir

Un mort non couronné sinon de son néant

Je me suis étendu sur les vagues absurdes

Du poison absorbé par amour de la cendre

La solitude m'a semblé plus vive que le sang

Je voulais désunir la vie

Je voulais partager la mort avec la mort

Rendre mon cœur au vide et le vide à la vie

Tout effacer qu'il n'y ait rien ni vitre ni buée

Ni rien devant ni rien derrière rien entier

J'avais éliminé le glaçon des mains jointes

J'avais éliminé l'hivernale ossature

Du vœu de vivre qui s'annule.

Tu es venue le feu s'est alors ranimé

L'ombre a cédé le froid d'en bas s'est étoilé

Et la terre s'est recouverte

De ta chair claire et je me suis senti léger

Tu es venue la solitude était vaincue

J'avais un guide sur la terre je savais

Me diriger je me savais démesuré

J'avançais je gagnais de l'espace et du temps

J'allais vers toi j'allais sans fin vers la lumière

La vie avait un corps l'espoir tendait sa voile

Le sommeil ruisselait de rêves et la nuit

Promettait à l'aurore des regards confiants

Les rayons de tes bras entr'ouvraient le brouillard

Ta bouche était mouillée des premières rosées

Le repos ébloui remplaçait la fatigue

Et j'adorais l'amour comme à mes premiers jours.

*

Les champs sont labourés les usines rayonnent

Et le blé fait son nid dans une houle énorme

La moisson la vendange ont des témoins sans nombre

Rien n'est simple ni singulier

La mer est dans les yeux du ciel ou de la nuit
La forêt donne aux arbres la sécurité
Et les murs des maisons ont une peau commune
Et les routes toujours se croisent

Les hommes sont faits pour s'entendre
Pour se comprendre pour s'aimer
Ont des enfants qui deviendront pères des hommes
Ont des enfants sans feu ni lieu
Qui réinventeront les hommes
Et la nature et leur patrie
Celle de tous les hommes
Celle de tous les temps.

노래

사랑 안에서 삶은 여전히
그녀의 어린애 같은 눈의 맑은 물을 갖고 있다
그녀의 입술은 여전히
어떻게 피었는지 알 수 없게 열린 꽃이다

사랑 안에서 삶은 여전히
그녀의 꼭 쥔 어린애 같은 손을 갖고 있다
그녀의 발은 빛에서 출발하여
빛으로 향해 간다

사랑 안에서 삶은 항상
다시 태어나는 가벼운 심장을 갖고 있다
어느 것도 여기에서 생을 마감하는 것은 없으리라
내일은 어제로부터 가벼워진다.

Chanson
노래

Dans l'amour la vie a encore

L'eau pure de ses yeux d'enfant

Sa bouche est encore une fleur

Qui s'ouvre sans savoir comment

Dans l'amour la vie a encore

Ses mains agrippantes d'enfant

Ses pieds partent de la lumière

Et ils s'en vont vers la lumière

Dans l'amour la vie a toujours

Un cœur léger et renaissant

Rien n'y pourra jamais finir

Demain s'y allège d'hier.

그리고 어떤 미소를

밤은 결코 완전하지 않다
내가 그렇게 얘기하나니
내가 그렇게 단언하나니 항상 있다
슬픔의 끝에는 열린 창문
불 켜진 창문이
항상 있다 깨어 있는 꿈
채울 욕망 만족시킬 허기가
관대한 마음
내민 손 열린 손
주의 깊은 눈
어떤 삶 함께 나눌 삶이.

Et un sourire
그리고 어떤 미소를

La nuit n'est jamais complète

Il y a toujours puisque je le dis

Puisque je l'affirme

Au bout du chagrin une fenêtre ouverte

Une fenêtre éclairée

Il y a toujours un rêve qui veille

Désir à combler faim à satisfaire

Un cœur généreux

Une main tendue une main ouverte

Des yeux attentifs

Une vie la vie à se partager.

『끊임없는 시 II』

Poésie ininterrompue II, 1953

건축가들

페르낭 레제*에게.

일관성 없는 시간의 늙은 게으름뱅이들이여 울어라
그대들의 거만함이 우리를 웃게 하리니
우리는 사막의 먼지로
우리의 시멘트를 만들었도다
우리의 장미들은 배부르게 하는 술처럼 활짝 피었도다
우리의 눈은
태양의 집이 지닌 황금빛 얼굴 속 깨끗한 창

그리고 우리는 거인들처럼 힘차게 노래하네

우리의 손은 우리 깃발의 별
우리는 우리의 지붕 모두의 지붕을 정복했고
우리의 심장은 계단을 오르내리네
죽음의 불꽃과 탄생의 생기
우리는 집을 지었지
거기에 빛을 뿌리도록
밤이 삶을 둘로 가르지 않도록

우리 집에서 아이들이 자라듯 사랑이 자라네

평화를 이뤄 내듯 이뤄 내다 먹다
봄이 전진하듯 전진하다 사랑하다
우리가 말할 때 우리는 이해한다
목수들과
석공들과 지붕 잇는 일꾼들과 현자들의 진실을
그들은 땅 위로 세상을 들어 올렸네
감옥과 무덤과 동굴 위로

온갖 피로가 밀려와도 그들은 버텨 내기로 맹세하네.

Les constructeurs
건축가들

à Fernand Léger.

Pleurez vieux paresseux des temps incohérents

Vos prétentions nous feront rire

Nous avons fait notre ciment

De la poussière du désert

Nos roses sont écloses comme un vin soûlant

Nos yeux sont des fenêtres propres

Dans le visage blond des maisons du soleil

Et nous chantons en force comme des géants

Nos mains sont les étoiles de notre drapeau

Nous avons conquis notre toit le toit de tous

Et notre cœur monte et descend dans l'escalier

Flamme de mort et fraîcheur de naissance

Nous avons construit des maisons

Pour y dépenser la lumière

Pour que la nuit ne coupe plus la vie en deux

Chez nous l'amour grandit quand nos enfants s'élèvent

Gagner manger comme on gagne la paix
Gagner aimer comme le printemps gagne
Quand nous parlons nous entendons
La vérité des charpentiers
Des maçons des couvreurs des sages
Ils ont porté le monde au-dessus de la terre
Au-dessus des prisons des tombeaux des cavernes

Contre toute fatigue ils jurent de durer.

주

13 ┃ 연작시 「평화를 위한 시」 중에서 다섯 편을 발췌했다.

26 **세실 엘뤼아르** Cécile Éluard(1918~2016). 엘뤼아르와 갈라의 외동
딸. 초현실주의 예술가들인 피카소, 도밍게스, 발랑틴 위고, 만 레
이, 자코메티 등과 친하게 지냈다. 이들은 세실의 초상화를 즐겨
그렸다. 그녀 자신도 콜라주 아티스트로 활동했다.

28 **루이 아라공** Louis Aragon(1897~1982). 초현실주의 시인, 소설가.
엘뤼아르, 앙드레 브르통과 함께 다다이즘, 초현실주의 운동을 주
도적으로 이끌었으며, 1927년 공산당에 가담한 이후 1931년 초현
실주의와 결별한다. 참여시의 시기를 지나 말년에는 전통시 경향
으로 돌아오며, 부인 엘자 트리올레와의 사랑 이야기와 그녀에게
바친 사랑 시 「엘자의 눈」으로 유명하다.

30 **프랑시스 피카비아** Francis Picabia(1879~1953). 파리 출생의 화가
이자 시인. 잡지 『391』을 펴내며 다다이즘 운동을 활성화하는 데
크게 기여했다. 그의 작품은 회화적이고 시적인 경향을 동시에 갖
고 있다. 엘뤼아르는 피카비아를 비롯한 많은 화가와 친하게 지냈
고, 그들과 즐겨 공동 작업을 하면서 회화와 시의 상호 관계를 탐
구했다.

32 **막스 에른스트** Max Ernst(1891~1976). 독일의 화가. 프로타주, 콜라주 등의 기법을 개발하며 다다이즘을 이끌었고, 이후 초현실주의의 대표적인 화가로 활동했다. 엘뤼아르는 1921년 에른스트의 첫 전시회에 참석한 이후 그에게 매혹된다. 이 만남을 계기로 두 남자는 깊은 우정을 나누게 되고, 에른스트는 1922년부터 1924년까지 엘뤼아르 부부의 집에 기거한다. 하지만 이 시기에 에른스트와 갈라가 서로 끌리는 감정을 느껴 두 남자의 우정에 모호함이 드리워진다. 그럼에도 불구하고 엘뤼아르는 1922년 에른스트의 콜라주 작품들을 시집 『반복』에 수록하여 출간한다. 이 시 「막스 에른스트 [1]」은 시집을 여는 첫 시로, 엘뤼아르는 에른스트와의 형제애에 드리운 갈라의 그림자를 "민첩한 근친상간"으로 표현하고 있다.

64 **파블로 피카소** Pablo Picasso(1881~1973). 스페인 출신 화가로, 20세기 초에 큐비즘을 이끌다가 1924년부터 초현실주의를 비롯한 다양한 예술 경향을 보였다. 미술 수집가이기도 했던 엘뤼아르는 1920년대부터 피카소의 작품을 사 모으며 그에게서 영감받은 시를 쓴다. 1935년 이후부터는 피카소와 서로 영감을 주고받으며 인간적·예술적·정치적 측면에서 매우 절친한 관계를 유지한다.

74 **조르주 브라크** Georges Braque(1882~1963). 프랑스의 화가, 조각가. 초기에 야수파적 그림을 그리다가 폴 세잔을 비롯한 후기인상파에 영향을 받았으며, 1907년부터 피카소와 조우하며 그와 함께 큐비즘 예술을 이끌었다.

96 [II] 연작시 「지식 금지 II」 중에서 한 편을 발췌했다.

100 **처음으로** 연작시 「처음으로」 중에서 네 편을 발췌했다.

125 **뉘슈** 뉘슈 엘뤼아르(Nusch Éluard, 1906~1946). 엘뤼아르의 두 번째 부인인 뉘슈(본명 Maria Benz)는 베를린의 여배우로 활동하다가 1920년대 말에 파리로 온다. 폴 엘뤼아르를 만나 1934년에 결혼한다. 초현실주의 예술가였던 뉘슈는 1930~1940년대에 피카소

가 특히 좋아한 모델 중 한 명이었으며, 종종 만 레이의 모델이 되기도 했다. 1935년 엘뤼아르가 그녀에게 헌사한 시집 『쉬운』에는 만 레이가 뉘슈를 모델로 작업한 사진이 삽화로 수록되어 있다.

149 **르네 마그리트** René Magritte(1898~1967). 벨기에 초현실주의 화가. 1926년에 폴 누제와 함께 브뤼셀에서 초현실주의 그룹을 결성했으며, 1927년에 파리로 가서 엘뤼아르, 달리, 에른스트 등의 초현실주의자들을 만나 활동했다. 대표작 〈이미지의 배반〉(1929)에서처럼 이미지와 언어, 재현의 관계를 질문하는 작업을 했다.

153 **『자유로운 손』** 원전에는 만 레이의 소묘 작품이 함께 실려 있다.

208 **『매개하는 여성들』** 원전에는 발랑틴 위고의 소묘 작품이 함께 실려 있다.

211 **매개하는 여성들** 연작시 「매개하는 여성들」 중에서 한 편을 발췌했다.

236 **이곳에 살기 위하여** 연작시 「이곳에 살기 위하여」 중에서 두 편을 발췌했다.

240 **살 권리와 의무** 연작시 「명민하지 못해 낙담한(En deçà clairvoyant déçu)」 중에서 한 편을 발췌했다.

244 **시계에서 새벽까지** 연작시 「검은 천과 흰 천(Draperies noires et blanches)」 중에서 한 편을 발췌했다.

246 **솟아오르라** 연작시 「장미창(Rosaces)」 중에서 한 편을 발췌했다.

250 **최상의 순간** 연작시 「꿈꿀 권리(Les raisons de rêver)」 중에서 한 편을 발췌했다.

프랑시스 풀랑크 Francis Poulenc(1899~1963). 프랑스의 작곡가로 20세기 전반기에 프랑스 음악의 발전에 지대한 공헌을 했다. 프랑스어 수사법에 비범한 감각을 가지고 있었으며, 문학 작품에서 영감을 많이 받았다고 한다. 엘뤼아르, 아라공, 피카소, 브라크 등 당대 예술가들과 교류했다.

254 **네가 사랑한다면** 연작시 「강함과 약함(Force et faiblesse)」 중에서 한 편을 발췌했다.

311 **가브리엘 페리** Gabriel Péri(1902~1941). 프랑스 기자이자 정치인. 프랑스 공산당 중앙위원회 위원이자 센에우아즈주의 의원으로 활동했고, 독일 점령기에 레지스탕스 운동을 하다가 독일군의 포로로 붙잡혀 총살당했다.

318 **끊임없는 시** 시 「끊임없는 시」에서 중략하고 앞부분과 뒷부분을 발췌했다.

327 **시인의 임무** 연작시 「시인의 임무」 중에서 두 편을 발췌했다.

   기유빅 외젠 기유빅(Eugène Guillevic, 1907~1997). 브르타뉴 지방의 카르나크 출신으로, 20세기 후반의 매우 중요한 시인들 중 한 명으로 꼽힌다. 1942년 스페인 내전 때 공산당에 가입하면서 폴 엘뤼아르와 친분을 쌓게 되고 비밀 출판에 참여한다. 레지스탕스 시기 이후에 짧고 솔직하고 암시적인 시 세계를 구축했다.

333 **마르크 샤갈** Marc Chagall(1887~1985). 러시아에서 출생한 20세기 대표적인 프랑스 화가. 특정한 유파에 속하지 않은 채 유대 전통과 러시아의 민속적 요소에 영감을 받아 고유의 상징적인 화풍을 구축했다. 엘뤼아르는 샤갈과 가깝게 지냈으며, 1946년에 출간한 시집 『지속하는 것에 대한 고집스러운 욕망』에 당시 샤갈이 그린 25점의 소묘를 삽화로 수록했다.

382 **빛과 빵으로부터** 연작시 「빛과 빵으로부터」 중에서 한 편을 발췌했다.

386 **마키들** 제2차 세계 대전 중 독일 점령군에 항거하여 싸우던 프랑스의 지하 조직.

390 **『투시도 알베르 플로콩의 판화에 관한 시』** 원전에는 알베르 플로콩의 판화 작품이 함께 실려 있다.

   | 연작시 「투시도」 중에서 한 편을 발췌했다.

411 **쓰다 그리다 새기다** 연작시 「쓰다 그리다 새기다」 중에서 한 편을
발췌했다.

437 **페르낭 레제** Fernand Léger(1881~1955). 프랑스 화가, 조각가, 영
화감독. 기계와 도시적인 삶을 주제로 한 그림들을 통해 현대적인
삶의 모습을 다뤘으며, 입체주의 작업을 선보였다. 엘뤼아르와
는 제2차 세계 대전 직후에 만나 이후 절친한 친구 사이가 되었다.
1947년 엘뤼아르의 초상을 그렸으며, 엘뤼아르가 사망한 다음 해
에 출간된 기념 시집 『자유 나는 네 이름을 쓴다』(1953)에 삽화를
그렸다.

자유와 사랑을 노래한 시인 폴 엘뤼아르

조윤경(이화여자대학교 불어불문학과 교수)

1

폴 엘뤼아르는 자유와 사랑을 노래한 프랑스 초현실주의의 대표적인 시인이다. 그는 양차 대전 시기에 활동하며 순수하고 아름다운 사랑의 서정시와 치열하고 투쟁적인 실천시라는 두 경향의 시를 동시에 남겼다. 이를 통해 전쟁 중에 절망과 고통 속에서 살아가던 당대 사람들에게 정신적인 위안을 북돋워 주었다. 그의 유명한 시로 "들판 위에 지평선 위에/ 새들의 날개 위에/ 그리고 그림자 드리운 물레방아 위에/ 나는 네 이름을 쓴다"고 노래한 「자유」는 독일 점령기에 비밀리에 인쇄되어 영국 공군의 비행기에 실려 프랑스 전역에 뿌려졌고, 이를 읽은 프랑스인들에게 크나큰 용기와 희망을 고취시켰다.

그가 남긴 시는 방대하고 다채롭다. 그는 프랑스의 권위 있는 작가 총서인 플레이아드판으로 1권 1298쪽, 2권 1030쪽에 달하는 시와 시론을 남겼다. 그의 시 전반에는 사랑의 주제가 펼쳐지며, 시기별로 제1차 세계 대전을 겪으며 쓴 전쟁과 평화에 관한 시, 다다 운동에 참여하면서 쓴 실험시, 초현실주의 절정기의 시, 그리고 제2차 세계 대전을 겪으며 쓴 참여시로 변화한다. 그래서 엘뤼아르의 시집을 펼치면, "그녀는 내 그림자 속으로 사라지네/ 하늘 위로 던져진 돌멩이처럼"(「사랑에 빠진 여자」)이라는 아름다운 사랑의 시구를 발견할 수 있고, "대지는 오렌지처럼 푸르다"(「처음으로」)라는 유명한 초현실주의적 이미지를 발견할 수도 있다. "파리여 살려 달라고 외치지 말라/ 그대는 세상없는 생명으로 살아 있으니"(「용기」)라는 저항시의 한 구절을, 그리고 "슬픔의 끝에는 열린 창문/ 불 켜진 창문이"(「그리고 어떤 미소를」)라는 우리 각자의 인생에 희망을 주는 보편적인 시구를 발견할 수도 있다.

시인은 "핵심을 표현하기에는 약간의 말이, 그것을 실현하기 위해서는 모든 말이 필요하다"라는 말을 자주 강조했다. 전반기의 시들에서 간결한 시어로 핵심을 표현하고자 노력했고, 후반기의 시들에서는 열거법과 반복의 기법을 즐겨 사용하면서 다채로운 시어로 이를 현실화·대중화시키는 데 주력했다.

엘뤼아르 시의 큰 축을 차지하는 '사랑'의 주제는 연인들 간의 범주를 넘어 더 큰 함의를 내포한다. 그는 사랑에서 특히 윤리적 개념을 강조하여 사랑의 순수함, 충실함, 인류애, 자연 친화력, 상호 관계성을 두드러지게 표현했다. 그래서 시 전체에서 우리는 그의 사랑을 매개로 '나'와 '너'를 종합하려는 욕구, 이를 통해 가장 광범위한 '우리'에 도달하고자 하는 욕구를 발견할 수 있다. 이때의 '나'와 '너'는 고정된 것이 아니라 가변성을 지닌다. 그 관계는 사랑하는 두 연인의 관계에서부터 자신과 세계, 현실과 이상, 지상과 천상, 자아와 타자, 외면의 자아와 내면의 분신, 화자와 청자, 시인과 독자 등으로 상황에 따라 무한히 변화된다. 이를 통해 개별적인 자아의 존재 인식과 우리라는 연대 의식이 유기적으로 연결된다.

이웃 의식과 만물이 서로 연결되어 있다는 연대 의식은 초기 시부터 일관되게 표출되는 시인의 세계관이다. 이웃하거나 인접한 것들은 가깝다는 사실로 인해 서로 영향을 주고 변화를 일으킨다는 것이다. 나와 타인, 나와 현실의 경계는 유동적이며 상호 관계적으로 이뤄져 있어 하나가 다른 하나의 존재 이유이자 생명력을 갖는 원동력이 된다. 『동물들과 그들의 인간들, 인간들과 그들의 동물들』이라는 시집 제목도 인간과 동물이 일방적인 관계가 아닌 상호 포함 관계로 밀착되어 있음을 보여 준다.

사물들 사이의 관계는 끝없는 변화를 통해 쇄신된다. 변화하고 생성하는 세계는 엘뤼아르의 시에서 항상 새롭고 역동적인 수많은 관계를 형성하고 있다.

나는 존재들을 변화시켰지, 충만한 빛 속에서 내가 너를 변모시켰듯이, 누군가가 유리컵 안에 담아 샘물을 변모시키듯이,

누군가가 타인 손을 잡아 제 손을 변모시키듯이.

-「그러나 빛은 내게 주었지」중에서

"샘물"은 "유리컵"이라는 새로운 용기, 새로운 공간에 담겨짐
으로써 다른 모습과 의미로 변모한다. 그러한 새로운 만남을 통
해 유리컵은 샘물의 깊이와 넓이를 획득한다. 샘물은 지하의 공
간에서 지상으로 상승함으로써 높이를 얻음과 동시에 작은 공
간 안으로 들어감으로써 응축하게 된다. 또한 타인의 손을 잡은
손은 샘물을 담은 유리컵과 동일한 기능을 하고 있는데, 손을
마주 잡음으로써 타인이라는 새로운 인체의 공간, 새로운 세계
와 접촉하게 되어 서로 변모하는 계기가 된다. 이와 더불어 시
인은 서로 영향을 주고받으며 변화하고 닮아 가는 사람들을 다
양하게 조명한다. '닮음'을 통해 연대 의식을 표출하는 것이다.
제목 자체를 "자유", "올바른 정의" 등 윤리적인 시어로 전면화
한 엘뤼아르의 후기 시에서 '닮음'과 '변모'의 주제는 연대 의식
과 형제애를 강조하는 삶과 현실의 시로 확장되고 있다.

물을 빛으로
꿈을 현실로
적을 형제로 바꾸는 것
이것이 인간들의 유연한 법칙이다

-「올바른 정의」중에서

위의 시에서 시인은 이상적인 세계를 실현시켜 줄 인간의 감미로운 법칙을 노래한다. 차갑고 푸른 물을 따뜻하고 밝은 빛으로, 꿈꾸고 있던 것들을 현실로, 우리와 대립하던 적들을 형제로 변모시키고자 하는 열망은 초기 시 「이곳에 살기 위하여」에서 나를 버린 하늘과 친구가 되기 위해 피운 불이라는 이미지와 만난다. 시인은 "올바른 정의"란 인간의 법칙을 지키며 살아가는 것이고, 인간의 법칙이란 인간이 가지고 있는 힘이자 인간이 평생 동안 인간이기 위해 지켜야 할 노력임을 이미지의 연계를 통해 다층적으로 강조하고 있다.

이와 같이 엘뤼아르의 서정성은 개인적 측면과 집단적 측면이 결합되어 표출된다. 이런 의미에서 총체적으로 본다면 그의 참여시는 실상 사랑 시의 연장이고, 엘뤼아르가 형상화하는 사랑에 위대함과 인류애를 부여해 주며 영속된다. 나, 너, 우리가 보여 주는 관계성은 시인이 꿈꾸는 삶과 행복의 근본 조건이 되고, 개인과 전체를 함께 염두에 두면서 항상 열린 관계성을 지향하는 시인의 의식을 보여 주고 있다.

"시인은 영감을 받는 사람이 아니라 영감을 주는 사람이다"라는 그의 유명한 말이 보여 주듯이, 엘뤼아르는 자신의 시적 소명, 생의 소명을 '다르게' 살고 '다르게' 보는 것에 두었다. 나아가 독자들에게 다르게 살고 다르게 보도록 제시하는 것을 시인의 소명으로 삼았다. 엘뤼아르가 치열하게 살아온 삶과 그가 남긴 시가 긴밀하게 연결되는 만큼, 그가 살아 낸 시대와 그의 생을 시기별로 살펴보면서 엘뤼아르 시의 변모 과정을 추적할 필요가 있다.

2

엘뤼아르는 파리의 북쪽 외곽 도시 생드니에서 태어났다. 본명은 외젠 에밀 폴 그랭델(Eugène Émile Paul Grindel)이다. 어머니는 양재사, 아버지는 회계사였다가 부동산업으로 성공을 거둔다. 어릴 때부터 몸이 허약했고 결핵을 앓은 엘뤼아르는 1912년부터 1914년까지 스위스의 다보스 근처에 있는 요양원에서 치료를 받다가 러시아 출신의 갈라(Gala)를 만나 불같은 사랑에 빠진다. 그들은 1917년에 결혼했고, 이듬해에는 딸 세실이 태어난다. 제1차 세계 대전이 발발하자, 엘뤼아르는 처음에 보병으로 이어 위생병으로 참전한다. 모든 것에 대한 회의와 질문이 이어지는 시대에 사람들은 극단적 애국주의나 절대적인 복종을 거부했다. 이런 분위기에서 엘뤼아르는 파리의 무정부주의 지식인들과 어울렸고, 그들 중에는 시집 『의무와 불안』(1917)을 출간해 준 편집인 쥘 고농도 있었다.

1919년 초반에 엘뤼아르는 장 폴랑을 자신의 사상적 스승으로 삼는다. 같은 해 4월, 다다 계열의 잡지 『리테라튀르』 그룹에 합류하면서 다른 다다이즘 잡지들인 『391』, 『카니발』, 『프로젝퇴르』 등에 지속적으로 글을 싣는다. 1920년에는 시집 『동물들과 그들의 인간들, 인간들과 그들의 동물들』을 출간한다. 이 시집에서 그는 빛과 밤, 꿈과 시선, 반사와 투명함의 유희들을 조화롭게 결합하여 간결한 시어를 빚어낸다. 특히 세계와 인간을 구성하는 근본 원리를 포착하기 위해 물, 불,

공기, 흙이라는 4원소의 원리를 자연과 동물, 인간의 영역에 대입한다. 세상 만물을 원소처럼 단순하고 간결한 대상으로 형상화하고자 한 것이다. 이 시집의 초판본에는 앙드레 료트가, 재판본에는 발랑틴 위고가 삽화를 그려 넣는다. 이후 엘뤼아르의 시집에는 많은 다다 및 초현실주의 화가가 삽화가로 참여한다. 한편 그는 다다이즘 월간지 『속담』을 발행하여, 동료들인 브르통, 피카비아, 리브몽 데셴뉴, 수포의 짧은 글들을 신문의 작은 광고처럼 편집해 이 잡지에 싣는다. 이후 출간한 시집 『삶의 필연성과 꿈의 결과』(1921)에는 꿈과 최면적 삶, 날것의 상태를 추구하는 다다적인 특징이 명확하게 드러난다. 그는 생각들의 연결에서 나오는 놀라운 결합, 경구들의 쇄신, 단어들 사이의 뜻밖의 조합을 통해 가장 일상적인 말 안에 숨어 있는 시적 잠재성을 일깨우고자 했다. 또한 간결한 언어를 좋아해서 수많은 명사 어구, 격언, 속담, 아포리즘 등 짧은 형식의 시구들을 자주 사용했고, 이를 통해 꿈과 현실, 현실의 표면과 이면 사이의 연결을 모색했다.

건강 상태가 좋지 않았던 엘뤼아르는 공기가 좋은 파리 근교의 생브리스수포레(Saint-Brice-sous-Forêt)에 집을 마련했고, 초현실주의로 이행하기 전 다다 시기인 1920년부터 1923년까지 이 집에서 살았다. 이곳은 곧 에른스트의 유명한 그림 제목처럼 "친구들의 회합 장소"가 된다. 엘뤼아르는 다다이스트들 중에서도 특히 막스 에른스트에게 매혹되었다. 그는 1921년 5월, 파리에 있는 오 상 파레유 미술관에서 개최된 에른스트의 첫 전시회에 참석한 후 에른스트의 콜라주 작품들에 감탄하게 된다. 이 만남을 계기로 하여 1922년 에른스트의 콜라주를 삽화로 실은 『반복』이라는 시집과 두 사람이 본격적으로 공동 기획한 콜라주 시집 『폴 엘뤼아르와 막스 에른스트가 밝힌 불사신들의 불행』이 출간된다. 또한 1922년부터 에른스트는 엘뤼아르 부부 집에 기거하게 되고, 1924년까지 세 명이 함께 산다. 그런데 에른스트와 갈라가 서로에게 끌리는 감정을 느끼면서 두 사람의 우정에 모호함이 드리워진다. 이런 관계는 『반복』을 여는 첫 시이자 막스 에른스트에게 헌사한 시 「막스 에른스트 [1]」에서 "어느 모퉁이에서 민첩한 근친상간이/ 작은 치마를 두른 처녀성 주위를 맴돈다"라는 수수께끼 같은 첫 시구에 투영되어 있다.

　1923년 무렵 그는 여전히 다다이스트들과 어울리고 있었지만, 다다의 수장인 트리스탕 차라와의 관계가 악화된다. 1924년 3월에는 미래의 초현실주의자들이 다다와 결별하고 새로운 생각들을 펼칠 '선언문' 준비에 한창이었다. 이런 불안정한 분위기 속에서 그는 자신의 작품 중 가장 절망적인 노래로 이뤄진 『죽지 않으려 죽다』라는 시집을 출간한다. 그리고 이 시집이 출간될 무렵인 1924년 3월에 "간략하게 말하자면 나는 내 마지막 책을 앙드레 브르통에게 바친다"라는 시집의 헌사문을 쓰고 세상에서 잠적한다. 그는 이 7개월 동안 세계를 일주했는데, 이때의 기록을 거의 남기지 않았다. 엘뤼아르는 배에서 내리지도 않고, 기항지에 머무르지도 않은 채 이곳에서 저곳으로 이동

하기만 했다고 전해진다. 그리고 7개월 후에 호찌민에서 자신을 데리러 에른스트와 함께 와 달라고 갈라에게 편지를 쓴다. 엘뤼아르가 집으로 돌아온 직후인 10월, 파리에서는『초현실주의 선언문』이 발표된다. 엘뤼아르는 자신이 잠적한 이유에 대한 별다른 해명 없이, 마치 아무 일도 없었던 듯 초현실주의 운동에 앞장서서 참여한다. 12월에는 잡지『초현실주의 혁명』1호가 발간된다.

1924년 겨울부터 1925년은 엘뤼아르에게 매우 풍요로운 해였다. 그는 벵자맹 페레와 함께『현재의 취향에 맞는 152개의 속담들』을 출판하고, 속담을 통해 간결한 형식에 말과 이미지를 결합하는 언어 실험을 이어 나갔다. 또한 잡지『초현실주의 혁명』에 브르통, 마송, 루셀, 로트레아몽에 관한 글을 기고하는 동시에 공산당 기관지『클라르테』에도 글을 쓰면서 혁명적 인텔리겐차에 이끌린다. 엘뤼아르는 초현실주의의 최전선에서 운동을 끌고 나가면서 모로코 식민 전쟁을 비롯 해외에서 벌어지는 사건들에도 첨예한 관심을 기울였다. 이런 복합적인 맥락에서 초현실주의 시기에 펴낸 시집이『고뇌의 수도』(1926)다. 이 시집에서 그는 초현실주의의 자동기술법이나 초현실주의적 이미지들을 펼치고, 시와 초현실주의 회화를 연결 지으며, 클레, 아르프, 마송, 미로의 세계를 노래한다. 그는 수많은 작가, 화가, 음악가 등과 아주 가깝게 지냈으며, 열렬한 수집가이기도 했다. 건강상 문제가 늘 그를 괴롭혔지만 경제적으로 풍요로웠던 그는 오세아니아의 가면들이나 물신 등 원시예술품과 동시대 화가들의 걸작들, 드문 오브제들, 책들, 엽서들을 사고팔면서 수익을 얻기도 했다.

『고뇌의 수도』가 출간된 지 3개월 후에 시집 『인생의 이면 혹은 인간 피라미드』(1926)가 출간된다. 이 책에는 에른스트가 그린 엘뤼아르와 갈라의 초상화가 실린다. 한편 이 시기에 엘뤼아르는 브르통, 아라공, 페레와 함께 공산당에 가입했다. 엘뤼아르는 1928년 겨울을 요양원에서 보내면서 『사랑 시』(1929)에 수록될 시들을 마지막으로 수정한다. 이 시집에서 그는 시의 마지막에 찍은 마침표 이외에는 모든 구두점을 생략해 단어의 이례적인 접근으로 의미의 애매성을 유도하고 있다. 그는 이 "끝이 없는 책"을 갈라에게 헌사했지만 둘 사이에는 균열이 예정되어 있었다. 1929년 엘뤼아르 부부는 스페인 출신 화가 살바도르 달리를 알게 된다. 달리는 스페인의 카다케스에서 여름휴가를 보내자고 그들을 초대했고, 여행지에서 갈라와 달리는 사랑에 빠진다. 한편 엘뤼아르는 그해 가을 막 파리에 도착한 뉘슈를 만나 이내 마음을 빼앗긴다. 1930년 엘뤼아르와 갈라는 이혼했고, 갈라는 평생 달리의 뮤즈가 되었으며, 엘뤼아르는 1934년 뉘슈와 결혼했다.

한편 브르통은 『2차 초현실주의 선언문』(1930)을 발표하면서 상당수의 초현실주의자들을 축출한다. 축출된 초현실주의자들은 브르통에 항의하면서 「시체」라는 팸플릿에 서명하는데, 엘뤼아르는 아라공, 페레, 에른스트, 크르벨, 탕기와 함께 브르통의 편에 선다. 같은 해에 엘뤼아르와 브르통이 자동기술법으로 쓴 공동 작품인 『무염수태』가 출간된다. 이 책은 정신 이상의 상태를 가장하여 쓴 글로, 즉흥적이면서 완전히 새로운 시적 형태를 보인다.

시집 『당장의 삶』(1932)에서 엘뤼아르의 사랑 시는 기존 질서에 대한 저항의 외침을 담은 정치 담론의 성격을 띠게 된다. 그리고 1934년 말, 우울과 불안이 함께 섞여 있는 사랑 시집 『대중의 장미』가 출판된다. 엘뤼아르는 마흔이 되었고, 시의 어조는 바뀐다. 특히 1936년은 시인에게 시적 전환점이 되는 시기였다. 그는 피카소에 관한 강연을 위해 스페인에 갔다가 그 나라에 매혹된다. 스페인 내란으로 시민들이 무자비하게 살해되고 도시가 폭격당하는 것을 목격한 후, 시가 직접적인 효용성을 갖기를 바라며 본격적으로 참여 시인의 길을 걷는다. 또한 프랑스 공산당과 다시 관계를 맺기 시작하고, 이로 인해 브르통과의 관계가 악화된다. 1936년 4월, 엘뤼아르는 더는 초현실주의 활동에 참여하지 않기로 결심한다. 하지만 공식적인 결별이 이뤄진 1938년까지는 초현실주의 활동을 지속하면서 브르통과 함께 『초현실주의 축약 사전』을 출간하고, 파리 초현실주의 국제전을 개최한다. 또한 1936년 6월 런던에서 개최된 영국의 초현실주의 화가 롤랜드 펜로즈의 전시회에 초대받아 중요한 강연을 한다. "모든 시인이 다른 사람의 삶 속에, 공동의 삶 속에 깊숙이 뿌리박고 있다고 주장할 권리와 의무가 있는 시대가 왔다"라고 표방한 이 강연의 일부가 그의 시론집 『시적 명증성』에 재수록된다. 시인이 현실 세계 속에 재통합되기를 바라는 이러한 의지는 초현실주의 철학에 기반을 두고 있기도 하다. 이러한 엘뤼아르의 시학은 중요한 시론집 『보여 주다』(1939)에서 더욱 원숙한 경지를 드러낸다.

엘뤼아르는 시적 참여와 병행하여 이미지와 텍스트 간의 흥미로운 초현실주의적 실험을 지속해 나간다. 초현실주의 화가이자 사진 작가인 만 레이와 공동 작업한 『자유로운 손』(1937)이 그 대표적인 예다. 그는 만 레이의 데생에 자신이 "삽화로서의 시"를 썼다고 서문에서 밝히고 있는데, 소설이나 시에 삽화를 곁들인 사례에 비해, 그림에 대한 삽화시를 쓴다는 역(逆)의 관계가 흥미롭다. 만 레이의 그림은 세상의 일부를 클로즈업하여 세부 사항에 주목하도록 만든다. 그리고 그 그림 속에 숨겨진 글자를 통해 현실에 숨어 있는 또 다른 현실을 환기하여 그림을 볼 뿐 아니라 읽을 수 있는 것으로 형상화하고 있다. 이러한 만 레이의 데생과 함께 엘뤼아르는 하이쿠나 아포리즘을 연상시키는 간결한 시구, 동사만 열거되어 있는 시, 문장이 아닌 명사구로만 이뤄진 시를 통해 자신의 시를 이미지화하고자 한다. 양귀자의 소설 제목으로도 사용된 바 있는 "나는 소망한다 내게 금지된 것을"이라는 구절은 이 시집에 수록된 삽화 시 「모퉁이」의 전문이다. 또 다른 아름다운 시집 『매개하는 여성들』(1939)에는 엘뤼아르의 시와 발랑틴 위고의 삽화가 나란히 실려 있다.

한편 독일 점령기에 엘뤼아르는 레지스탕스 운동에 전념하면서 1942년 이후 프랑스 공산당과 밀접하게 연결된다. 1943년

과 1944년 비밀리에『시인들의 영예』라는 두 권짜리 책이 출간
된다. 이는 나치 점령에 맞서 싸우고자 하는 작가들의 글을 모
은 것으로, 엘뤼아르도 이 책에서 투쟁과 희망의 메시지를 전
했다. 그리고 격려와 각성을 일깨우는 시집들을 연이어 출간
한다.『열린 책 I』(1940),『열린 책 II』(1942),『시와 진실 1942』
(1942),『전쟁 중 일곱 편의 사랑 시』(1943),『침대 책상』(1944),
『고통의 무기』(1944) 등이 그것이다.

해방이 된 후, 엘뤼아르는 세계 각지에서 강연 초청을 받고,
시집『끊임없는 시 I』(1946)을 출간한다. 그런데 갑작스럽게 불
행이 닥친다. 아내 뉘슈가 뇌출혈로 갑자기 사망한 것이다. 엘
뤼아르는 절망에 빠진다. 그는 자신의 심경을 대변하는 시집
『지속하는 것에 대한 고집스러운 욕망』(1946)을 출간한다. 이
후 친구들과 주변의 도움으로 점차 고독과 절망의 상태에서 벗
어나 1947년에 시집『시간이 흘러넘친다』,『기억에 남는 육체』
를, 1948년에『정치 시』를 출간한다. 그리고 민중의 평화, 자
유, 독립을 위해 이탈리아, 체코슬로바키아, 폴란드, 러시아,
그리스 등지를 여행하며 강연을 하다가 1949년 도미니크를 만
나 1951년 결혼한다. 1952년 엘뤼아르는 건강 상태가 매우 좋
지 않은 상태로『끊임없는 시 II』를 집필하는 데에 매진하다가
심장마비로 쓰러진다. 이 마지막 시집은 사후인 1953년에 출간
된다. 그의 장례식은 성대하게 치러졌으며, 그는 페르라셰즈 묘
지에 묻혔다.

3

석·박사 논문으로 엘뤼아르의 시에 관해 쓴 후부터 학생들에게 그의 시를 가르치는 지금까지 엘뤼아르의 시는 읽을 때마다 내게 새로움을 주면서 끊임없이 영감의 원천이 되어 주고 있다. "나는 쉬운 아름다움을 지녔고 그래서 행복해"(「말」)라는 시구가 보여 주듯, 엘뤼아르의 많은 시는 소박하고 평이하고 투명한 언어로 쓰여 있다. 시인 자신이 "한 사람이 아니라 모든 사람에 의해 쓰여지는 시"를 추구했기에 그의 시가 대중의 사랑을 받았고 지금도 그러한 것이겠지만, 동시에 엘뤼아르의 시는 그 이면에 해독하기 어려운 난해함이나 낯선 이미지들을 품고 있기도 하다. 그는 눈·손·심장과 같은 몸과 관련된 어휘, 물·불·흙·공기와 같은 기본 원소들, 그리고 하늘·땅·나무·새와 같은 자연을 소재로 한 가장 일상적 단어들을 사용하면서 그것들에 새로움을 부여하는 탁월한 능력을 보여 준다.

지금까지 국내에는 대중 친화적인 언어로 쓰인 후반기의 시들이 주로 번역되어 알려졌기 때문에 정작 초현실주의 전성기에 쓴 시들이 잘 알려지지 않은 것이 사실이다. 그래서 본 역서에는 엘뤼아르의 시적 변화 과정을 따라 다양한 시적 특징을 보여 줄 수 있는 시들을 시기별로 골고루 정선했다. 프랑스어로 출간된 엘뤼아르의 여러 시 선집들을 참고했고, 문학사나 연구서들에서 중요하게 다뤄지는 엘뤼아르의 시들을 1차로 선

별했다. 다음으로는 그동안 엘뤼아르에 관해 연구하면서 평소 알리고 싶었던 시들을 2차로 추렸다. 연구자나 학생, 일반 독자 모두 엘뤼아르 시의 정수와 풍요로움을 느낄 수 있기를 소망해 본다.

엘뤼아르는 언어에 극도의 중요성을 부여하여 시어의 선택, 배열, 통사의 구조를 새롭게 한다. 그래서 엘뤼아르의 시를 한국어로 옮겨 놓으면 낯설게 느껴지는 경우가 많다. 가령 그는 연결사 없이 병치하는 것을 좋아한다.

나는 이제 움직이지 않아 얼음 위의 비단
나는 아파 꽃과 조약돌

– 「말」 중에서

그녀 그녀의 언약하는 입술

– 「처음으로」 중에서

그토록 불완전한 악덕 미덕

– 「까마득히 내 몸의 감각 속에서」 중에서

위의 시들을 한국어로 옮기면서 "나는 이제 움직이지 않아 얼음 위의 비단" 다음에 '처럼'을, "그녀"와 "그녀의 언약하는 입술" 사이에 '와'를, "악덕"과 "미덕" 사이에 '과'를 얼마나 넣고 싶었던지. 그러나 이런 조사나 접속사 같은 군더더기를 생략함으로써 단어와 단어의 관계는 더욱 밀착되거나, 반대로 직접적으로 충돌하여 충격적인 낯선 이미지들을 만들어 낸다.

그런가 하면 "깨진 거울과 잃어버린 바늘의 나날,/ 바다의 수평선에서 감긴 눈꺼풀의 나날,"(「언제나 순수한 그들의 눈」)에서처럼 전치사 'de(~의)'와 명사를 함께 사용하여 앞의 명사를 수식하는 독특한 기법을 쓰기도 한다. 이로 인해 낯선 이미지가 만들어지는 동시에 형용사에 의한 수식보다 이미지가 더 직접적이고 구체적으로 환기된다. 또한 "처녀와 그녀의 귀뚜라미 상들리에와 그것의 거품/ 입술과 그것의 빛깔 목소리와 그것의 왕관"(「여자와 그녀의 물고기」)에서처럼 일견 관계없는 것처럼 보이는 것들끼리의 환유적 관계를 보여 준다.

대등접속사 'et(그리고)'를 문두에 놓는 기법도 독특하다. '그리고'는 일반적으로 문장과 문장을 이어 주면서 산문적인 설명을 위해 활용되는 접속사지만, 「그리고 어떤 미소를」이라는 제목에서 볼 수 있듯이, '그리고'를 문두에 놓음으로써 앞부분부터 독자들의 상상력이 개입될 여지를 활짝 열어 놓는다. '그리고'를 문두에서 반복시켜 리듬을 부여하기도 한다.

　　그리고 시계는 감지할 수 없는 자신의 꿈에서 내려온다
　　그리고 시냇물은 맹렬히 추격하고 석탄은 뒤떨어진다
　　그리고 협죽도는 빛을 황혼과 연결한다
　　그리고 감은 내 눈 속에 새벽이 뿌리내리고 있다.

위의 시에서 "시계", "시냇물", "황혼", "새벽"은 공통적으로 시간의 흐름을 나타내는 어휘들이다. 그러나 그러한 어휘가 나타내는 대상들은 서로 연관성 없는 독립적인 움직임을 보여 준다. 그런데 이들의 움직임이 "그리고"를 통해 연결됨으로써 비로소 통일성과 시간의 지속성을 부여받고 있다. 문두에 나온 "그리고"는 유려한 리듬을 타고 반복됨으로써, "내"가 꿈에서 깨어나 새벽을 맞이하는 과정에서 마주치는 낯선 사물들의 연속성을 드러내고 있는 것이다.

또한 엘뤼아르는 열거의 기법을 즐겨 사용한다. 그는 늘어놓기를 몹시 좋아하며, 이를 통해 모든 것을 구체적으로 보여 주고, 세계의 무한한 변이형들을 표현한다. 본 역서에 수록한 「끊임없는 시」의 도입 부분 30행도 모두 여성 형용사의 열거로 이뤄져 있다. 형용사는 구두점이나 등위접속사의 연결 없이 이어져 강물이 흐르듯 유려하게 흘러가며, 이들에게 수식받는 대상은 여성이라는 것만 드러날 뿐 숨겨져 있다.

엘뤼아르의 시는 참신한 표현의 보고(寶庫)이기도 하다. 상상력을 갈구하는 사람들은 엘뤼아르의 시에서 여러 수를 배울 수 있다. 그 몇 가지 예를 들어 보자.

나무는 상처 없는 과일의 빛깔로 물드네.

－「르네 마그리트」중에서

황금은 심연 밖으로 나온 자신의 모습을 보며 폭소를 터뜨립
니다
–「나이를 모르는」 중에서

나는 바이올린처럼 강물의 물결을 붙들고
나날을 흘러가게 한다
–「매개하는 여성들 VI」 중에서

또한 그의 시에서는 우리 삶의 지침이 될 만한 깨달음의 구절
들을 발견할 수 있다.

말하는 것이
껴안는 것만큼
너그럽기 위해
–「그려진 말(言)」 중에서

내 나이는 항상 내게 알려 주었죠
타인을 통해 살아가야 할 새로운 이유들을
그리고 내 심장에 다른 심장의 피가 흐르고 있다는 사실을
–「살아가다」 중에서

새벽은 모든 나이에 찾아오지
용기로 빛나는 문은

모든 나이에 열려 있네

- 「젊음이 젊음을 낳는다」 중에서

시인은 자신을 버린 하늘과 친구가 되기 위해 불을 피운다고 고백한 초기 시에서부터 적을 형제로 바꾸는 인간의 법칙을 노래한 후기 시까지 일관된 태도로 대립되는 것을 껴안으며 극한의 상황에 처한 '이 곳'과 '이 현실'을 변화시키며 살아가는 방식을 제시하고 있다. 그의 시가 갖는 중요한 의의는 개인적인 사랑과 인류애, 시와 현실적 참여를 결합시키면서 지금 여기의 현실에 대한 시적 대응을 치열하게 모색했다는 점에 있다.

판본 소개

『엘뤼아르 시 선집』의 원문으로 현재 가장 정평 있는 판으로 평가받는 갈리마르 출판사의 플레이아드 총서 I, II권(1968)을 사용했다. 이 총서는 엘뤼아르 전문가인 마르셀 뒤마와 뤼시앵 셸러가 공동 책임으로 편찬하고 각주 작업을 했다.

Paul Éluard, *Œuvres complètes*, textes établis et annotés par Marcelle Dumas et Lucien Scheler, tome I, II, Bibliothèque de la Pléiade, Paris, Gallimard, 1968.

폴 엘뤼아르 연보

1895 12월 14일 생드니(Saint-Denis)에서 출생. 본명은 외젠 에밀 폴 그랭델(Eugène Émile Paul Grindel). 아버지는 회계사였다가 부동산업에 종사했으며, 어머니는 양재사였음. 필명인 엘뤼아르는 외할머니의 이름에서 따옴.

1908 가족과 함께 파리로 이주. 콜베르중학교에 입학. 졸업반이었을 때 건강상의 이유로 학업 중단.

1912 폐 기능 저하로 스위스의 다보스에 있는 요양원에서 요양하던 중 갈라(Gala)를 알게 됨. 보들레르, 아폴리네르, 휘트먼의 작품을 읽음.

1914 제1차 세계 대전이 발발하자 보병으로, 이후 위생병으로 참전하여 전쟁의 온갖 참상을 겪고 평화주의 및 자유주의 사상을 품게 됨.

1917~1919 1917년 갈라와 결혼. 시집 『의무와 불안(*Le devoir et l'inquiétude*)』이 친구인 고농의 출판사에서 발간됨. 1918년 딸 세실 탄생. 같은 해에 『평화를 위한 시(*Poèmes pour la paix*)』를 인쇄하여 여러 지인에게 보냄. 1919년 징집 해제됨.

1920~1922 아라공, 브르통, 수포, 차라와 만나면서 다다 운동에 참가.

잡지 『속담(*Proverbe*)』 창간. 시집 『동물들과 그들의 인간들, 인간들과 그들의 동물들(*Les animaux et leurs hommes, les hommes et leurs animaux*)』(1920), 『삶의 필연성과 꿈의 결과 (*Les nécessités de la vie et les conséquences des rêves*)』(1921) 출간.

1924 시집 『죽지 않으려 죽다(*Mourir de ne pas mourir*)』 출간. 3월부터 9월까지 잠적한 후 혼자 세계 일주 여행을 떠남(앤틸리스제도, 타히티섬, 호주, 동아시아, 서아시아). 앙드레 브르통의 『초현실주의 선언문(*Manifeste du surréalisme*)』 출간 후 브르통과 함께 초현실주의 운동의 핵심에서 활동.

1926 시집 『고뇌의 수도(*Capitale de la douleur*)』 출간. 리프전쟁 중 공산주의자들과 친분을 쌓고 공산당에 가입.

1929~1930 뉘슈(Nusch, 본명 Maria Benz)와 만남. 『사랑 시(*L'amour la poésie*)』(1929) 출간. 르네 샤르(René Char)와 만남. 1930년 갈라와 이혼.

1932 카르코프에서 열린 '혁명 작가들의 국제회의(Congrès international des écrivains révolutionnaires)' 다음 날에 아라공과 갈등 및 결별. 시집 『당장의 삶(*La vie immédiate*)』 간행.

1933 초현실주의자들과 암스테르담-플레옐 회의(Congrès Amsterdam-Pleyel) 참가. 공산당에서 제명됨.

1934 뉘슈와 결혼.

1936~1938 피카소 회고전을 위해 스페인 여행. 1936년 런던에서 초현실주의전 개최(〈시적 명증성(L'évidence poétique)〉 강연). 스페인 내란이 발발하여 게르니카가 공습으로 파괴되자 「게르니카의 승리(La victoire de Guernica)」[시집 『자연스러운 흐름 (*Cours naturel*)』(1938)에 수록]라는 시 발표. 스페인과 연대 의식 표명.

1939~1940 제2차 세계 대전 발발. 시론집 『보여 주다(*Donner à*

voir)』(1939) 발간. 독일군 점령. 시집 『열린 책 I(*Le livre ouvert I*)』(1940) 출간.

1941~1943 레지스탕스 운동 참가. 시 「자유(Liberté)」가 실린 『시와 진실 1942(*Poésie et vérité 1942*)』(1942) 간행. 이 시집은 알제에 있는 퐁텐지 출판사에서 인쇄되어 영국왕립공군(RAF)에 의해 항독지하단체들에게 낙하산으로 뿌려짐. 아라공과 다시 조우. 1942년 공산당에 재가입. 장 뒤 오(Jean Du Haut)라는 가명으로 『전쟁 중 일곱 편의 사랑 시(*Les sept poèmes d'amour en guerre*)』(1943) 출간. 1943년에서 1944년 사이에 독일군의 추적을 피해 로제르에 위치한 생알방 정신병원에서 숨어 지냄.

1944 파리로 돌아와 레지스탕스 운동에 전념. 8월 파리 해방. 레지스탕스 시를 모은 『독일인의 집결지에서(*Au rendez-vous allemand*)』 출간.

1946 『끊임없는 시 I(*Poésie ininterrompue I*)』 출간. 뉘슈 사망. 『지속하는 것에 대한 고집스러운 욕망(*Le dur désir de durer*)』 출간.

1947~1948 1947년 『시간이 흘러넘친다(*Le temps déborde*)』, 『기억에 남는 육체(*Corps mémorable*)』 출간. 1948년 『정치 시(*Poèmes politiques*)』 출간. 민중의 평화·자유·독립을 위해 이탈리아, 체코슬로바키아, 폴란드, 러시아, 그리스 등지를 여행하며 강연함.

1949~1951 1949년에 멕시코에서 도미니크를 만나 1951년 결혼함.

1952 도미니크와 도르도뉴 지역 베냐크에 거주. 『예술에 관한 글 총서(*Anthologie des écrits sur l'art*)』 출간. 폐렴 악화로 사망.

1953 『끊임없는 시 II(*Poésie ininterrompue II*)』 출간.

새롭게 을유세계문학전집을 펴내며

을유문화사는 이미 지난 1959년부터 국내 최초로 세계문학전집을 출간한 바 있습니다. 이번에 을유세계문학전집을 완전히 새롭게 마련하게 된 것은 우리가 직면한 문화적 상황에 적극적으로 대응하기 위해서입니다. 새로운 을유세계문학전집은 세계문학의 역할이 그 어느 때보다 중요해졌다는 인식에서 출발했습니다. 오늘날 세계에서 타자에 대한 이해는 우리의 안전과 행복에 직결되고 있습니다. 세계문학은 지구상의 다양한 문화들이 평등하게 소통하고, 이질적인 구성원들이 평화롭게 공존할 수 있는 문화적인 힘을 길러 줍니다.

을유세계문학전집은 세계문학을 통해 우리가 이런 힘을 길러 나가야 한다는 믿음으로 만들어졌습니다. 지난 5년간 이를 준비하기 위해 많은 노력을 기울였습니다. 세계 각국의 다양한 삶의 방식과 문화적 성취가 살아 있는 작품들, 새로운 번역이 필요한 고전들과 새롭게 소개해야 할 우리 시대의 작품들을 선정했습니다. 우리나라 최고의 역자들이 이들 작품 속 한 문장 한 문장의 숨결을 생생히 전하기 위해 심혈을 기울였습니다. 또한 역자들은 단순히 번역만 한 것이 아니라 다른 작품의 번역을 꼼꼼히 검토해 주었습니다. 을유세계문학전집은 번역된 작품 하나하나가 정본(定本)으로 인정받고 대우받을 수 있도록 최선을 다했습니다. 세계문학이 여러 경계를 넘어 우리 사회 안에서 주어진 소임을 하게 되기를 바라며 을유세계문학전집을 내놓습니다.

을유세계문학전집 편집위원단(가나다 순)
김월회(서울대 중문과 교수)
김헌(서울대 인문학연구원 교수)
박종소(서울대 노문과 교수)
손영주(서울대 영문과 교수)
신정환(한국외대 스페인어통번역학과 교수)
정지용(성균관대 프랑스어문학과 교수)
최윤영(서울대 독문과 교수)

을유세계문학전집

을유세계문학전집은 계속 출간됩니다.

을유세계문학전집 연표